Matthias Gundel

Weihnachten auf Schloss Fantasie

Bibliografische Information der Deutschen Nationalbibliothek: Die Deutsche Nationalbibliothek verzeichnet diese Pub-
likation in der Deutschen Nationalbibliografie;
detaillierte bibliografische Daten sind im Internet über
http://dnb.dnb.de abrufbar.

Herstellung und Verlag:
BOD - Books on Demand, Norderstedt

ISBN: 978 3-7460-1393-0

Die Blätter der Bäume nahmen die goldenen, orangen und rötlichen Farben des Herbstes langsam an, während Frau Mahlstein im noch warmen Sonnenlicht gemütlich durch den Hofgarten schlenderte. Dort gab es eine Lieblingsstelle, nämlich in der Nähe der sogenannten japanischen Brücke, wo sie sich auf eine kleine weiße schmiedeeiserne Bank setzte und die früh herbstliche Luft, die leicht ihre Nase umspielte, genoss.

Im Gedanken versunken dachte sie an die vielen unvergessenen Jahre, als sie noch ihr Geschäft in der Rheinstraße hatte und allen interessierten Menschen Geschichten zum Mitnehmen oder besser gesagt „Süßigkeiten zum Lesen" servierte.

Mit Wehmut im Herzen nahm sie einen kleinen Zeitungsartikel aus ihrer braunen Jacke, den sie immer bei sich trug. Dort konnte man lesen:

„Die Rheinstraße 13 schließt zum Jahresende ihre Pforten. Nach vielen verdienten und einmaligen Jahren geht unsere Frau Mahlstein zum Ende des Jahres 2012 in den Ruhestand. Mit großem Bedauern äußerte sich die Inhaberin des kleinen und ganz besonderen Ladens: Mir werden alle meine Kunden und Freunde fehlen, die mich seit 2008 immer wieder mit ausgefallenen Wünschen besucht haben. Es war mir stets eine Ehre, diesen allen eine Freude zu bereiten.

Die Räumlichkeiten bleiben zunächst einmal ungenutzt, bis sich eine neue Geschäftsidee für diese Pilgerstätte gefunden hat. Die Menschen unserer Stadt danken der Inhaberin von ganzem Herzen und wünschen ihr für den Ruhestand viel Gesundheit und unzählig viele unbeschwerte Jahre.

Vergessen Sie nicht zur Abschlussparty zu kommen, denn am 31.12.2012 ab 20:00 Uhr haben Sie nochmals und letztmalig die Chance Ihre individuelle Geschichte zum Mitnehmen zu bekommen."

Als sie dies nun gute vier Jahre später so liest, kullerten Frau Mahlstein die Tränen über ihre Wangen, da sie schon Sehnsucht hatte, weiterhin ihrer Leidenschaft des Geschichtenverkaufens nachzugehen. Ihr treuer Begleiter Mogli, ein liebenswürdiger kleiner Hund, legte sich zu ihren Füßen und versuchte, sein Frauchen etwas fröhlicher zustimmen.

Mittlerweile verabschiedete sich die Herbstsonne hinter den Bäumen und nur noch wenige Flecken dieser einmalig schönen Stelle im Hofgarten wurden von ihr beleuchtet, so dass es für Frau Mahlstein langsam Zeit wurde, den Heimweg anzutreten.

Übrigens ist an diesem besagten letzten Tag der Eröffnung des Geschäfts in der Rheinstraße folgendes passiert:

Sämtliche Exemplare des Buches „Süßigkeiten zum Lesen" wurden fast alle restlos verkauft. Eines davon hatte auch Mitti stolz ergattern können, was jedoch nicht ohne Folgen geblieben ist, weil noch vier weitere ganz besondere Exemplare unterwegs waren. Alles kann jetzt auf den nun folgenden Seiten miterlebt werden.

Es war einer der wunderschönen Tage im Spätsommer, an denen es sich Unki und Mitti in ihrem kleinen Haus gemütlich gemacht haben.

An einem großen Tisch sitzend haben beide gerade einen langen Arbeitstag hinter sich gelassen und genießen gemeinsam die wohlverdienten Stunden des Abends.

Durch die große Fensterscheibe zum Balkon schien die Abendsonne in tiefstem Rotton und gab die letzte Wärme des Tages ab, außerdem machte sich ein frischer Luftzug durch das Zimmer breit und der Augenblick und die Zeit standen geradezu still.

Auf dem Tisch lag ein Exemplar des Geschichtenbuches „Süßigkeiten zum Lesen", das zu Weihnachten 2008 in einer kleinen Ausgabe gedruckt wurde und welches sich Mitti 2012 ergattern konnte. Seitdem sind viele Jahre vergangen und es ist im Leben beider vieles geschehen, was vieles grundlegend geändert hat.

Die wenigen Ausgaben der „Süßigkeiten zum Lesen" wurden in diesen Jahren in allerlei Orte und Gegenden verteilt und hatten einige Leser gefunden, wobei keiner genau wusste, wo sich die Exemplare alle versteckten. Erst jetzt fanden Mitti und Unki die Zeit, sich mit dem Buch zu beschäftigen. Beim Durchblättern der ersten Seiten kamen sie jedoch ins Grübeln und so kam es, dass beide der Frage nach den restlichen Büchern auf den Grund gehen wollten und so kam es dann auch:

„Wir sollten uns unbedingt auf die Suche machen und Ausschau nach den übrigen Exemplaren dieses kleinen Buches halten.", murmelte Mitti plötzlich in sich hinein.

Der Duft von warmen Früchtetee machte sich unter den Nasen der beiden breit und das Licht der großen Kerze auf dem Tisch wurde auch immer deutlicher zu sehen, denn die Sonne hatte sich hinter dem Horizont verabschiedet und Platz für die herannahende Nacht gemacht.

„Keine schlechte Idee", kam es schließlich Unki über ihre Lippen und durchbrach die zunächst nachdenklich Stille im Raum.
„Was ist nur aus den Gedanken geworden, die in dem Buch geschrieben wurden? Haben sie die Menschen verändert und haben sie ihnen gefallen? Ich denke, wir reden morgen in aller Ruhe weiter", gab Mitti seiner Frau zur Antwort.

Die Nacht über grübelte er immer wieder über diese Idee vom Vorabend und war mehr und mehr davon fasziniert.

„Also, den Laden in der Rheinstraße gibt es ja noch. Nur dort werden meines Wissens keine Geschichten mehr verkauft, weil Frau Mahlstein vor Jahren in den Ruhestand gegangen ist. Vielleicht sollten wir dort mit dem Suchen nach den Büchern beginnen", dachte Mitte so vor sich hin.

Am noch sehr frühen Morgen bemerkte er ein merkwürdiges Klappern und Scheppern, das scheinbar von der großen Blumenwiese hinter ihrem Haus kam. Später wollte Mitti dieser Sache genau auf den Grund gehen. Jede Stunde kam ihm daher besonders lange und wie eine halbe Ewigkeit vor, weil der nächste Morgen einfach nicht anbrechen wollte.

Sanfter Nebel stieg über den Wäldern und die Blätter der Bäume rund um das Haus raschelten im herbstlichen Wind. Während Unki noch schlief, öffnete Mitti die Türe, um einen Schritt nach draußen zu wagen. Etwas Mystisches lag heute in der Luft. Mit leichtem Herzklopfen und schwitzigen Händen ging er weiter auf die im Sommer sonst von allerlei Blumen übersäte Wiese.

„Was ist denn das da? Ich glaube, ich träume, das gibt es doch gar nicht ….“, dachte Mitti leise und stark verwundert vor sich hin. In der Tat war der Anblick dessen, was er zu sehen bekam, sehr ungewöhnlich.

In der Mitte der Wiese war ein kleiner Tisch mit einem roten Telefon darauf zu sehen. Wie auch immer dies dorthin kam, gestern war es auf jeden Fall noch nicht da. Wer vermutete schon ein Wähltastentelefon in unserem modernen Technikzeitalter?

Behutsam und Schritt für Schritt ging Mitti auf das Telefon zu und fragte sich, ob es ein Scherz, eine Einbildung oder doch Realität war? Mitti wusste noch nicht genau, wie ihm geschah. Die letzten Nebelschwaden hatten sich inzwischen über die Landschaft verzogen und er nahm ein leises, aber nicht zu überhörendes Klingeln des roten, ominösen Apparates war.

„Wer konnte das nun sein? Ist das Anruf für mich?", fragte sich Mitti mit einem weiterhin deutlich erkennbaren unruhigen Gefühl. Noch eine Weile lange starrte er auf das rote Telefon und überlegte sich, ob er wirklich den Anruf entgegennehmen sollte. Voller Neugierde sagte seine innere Stimme nur: Na, geh endlich ran! Vielleicht ist es ja eine wichtige Nachricht, die dir jemand zukommen lassen will.

Gesagt – getan. Der vom Morgentau leicht feuchte Hörer fühlte sich zunächst sehr fremd in der Hand an, dann aber vergaß Mitti dies, denn er hörte eine freundliche Stimme:

„Hallo, Mitti, hab keine Angst. Ich bin`s nur denn ich wollte dich unbedingt sprechen. Du kennst mich: Ronny! Ich weiß, wo eine der von euch gesuchten Buchausgaben ist. Du weißt, der Laden von Frau Mahlstein existiert in der Tat seit Jahren nicht mehr, aber eines liegt dort noch immer im Regal und keiner nimmt es in die Hand und liest darin. Bitte kommt vorbei und holt es ab. Es gibt da etwas, was ihr auf jeden Fall lesen solltet."

Verdutzt und sprachlos stand Mitti neben dem Telefon und hörte weiter zu: „Du fragst dich, wie ich dich gefunden habe? Ich habe sehr lange nach euch gesucht und schließlich einen wertvollen Tipp von einem meiner Helfer bekommen. Uli aus der Geschichte mit der Regenbogenlampe (du kennst sie noch aus dem ersten Buch) war es und er hat heute vor Anbruch des Morgens dieses Telefon hier installiert, damit ich euch anrufen kann. Denk nicht – frag nicht, aber bitte komm mit Unki zu mir.

Heute Nacht wird ein großes, rotes Auto vor eurem Haus parken. Nur dieses weiß den Weg, den ihr fahren müsst, damit das erste Buch finden könnt."

Noch bevor Mitti auch nur einen Satz sagen konnte, war das Gespräch beendet und ebenfalls das Telefon wie vom Erdboden verschluckt wieder verschwunden.

„Oh, es ist schon spät und ich möchte jetzt das Wochenendfrühstück für meinen geliebten Schatz vorbereiten. Also das erste Buch…., nicht zu fassen. Unglaublich – das muss ich sofort meiner Unki erzählen.", dachte Mitti auf dem Weg zurück ins Haus.

So kam es dann kurze Zeit später auch: „Du, mein Schatz, erinnerst dich doch noch an gestern, als wir überlegt haben, dass wir uns auf die Suche nach den Büchern aus dem Jahr 2008 machen sollten. Ich habe heute Nacht lange darüber nachgedacht und schließlich ist mir gerade etwas sehr Merkwürdiges passiert.", sagte Mitti zu seiner Frau, während beide genüsslich ihr Frühstück zu sich nahmen.

Mitti begann das Erlebnis des frühen Morgens seiner Unki zu erzählen, die aus dem Staunen gar nicht mehr rauskam. Viele Fragen und auch Unklarheiten gab es, aber am Ende stand fest, dass beide heute Nacht auf das rote Auto warten wollten.

Der Tag verging mit vielen angenehmen Stunden, aber auch Augenblicke des gespannten Wartens, auf das, was heute Nacht geschehen sollte. Wie am Vortag haben es sich Unki und Mitti wieder bei Kerzenschein in ihrem großen

Wohnzimmer gemütlich gemacht. Die Zeiger der alten und großen Standuhr gingen nur sehr schleppend voran und die Ungeduld ist mit jeder weiteren Minute deutlich gewachsen.

„Sollen wir nicht doch ein bisschen Schlafen gehen? Wir wären dann für unsere erste Tour ausgeruht.", sprach Unki.

„Ich weiß es nicht, ich will unbedingt erleben, wenn das Auto kommt.", entgegnete Mitti seiner Frau.

Mit diesen Worten war es dann auch soweit. Durch das geöffnete Fenster zur Terrasse konnte man ein deutlich hörbares Geräusch wahrnehmen. Es klang aber nicht nach einem gewöhnlichen Auto, es hörte sich irgendwie anderes an.

„Ist es schon da?", fragte Mitti flüsternd Unki.

„Warte mal, ich schaue kurz nach…..", entgegnete Unki dem sichtlich aufgeregten Mitti.

Die Luft stand still und ebenso stockte beiden der Atem, weil sie absolut nicht wussten, was nun geschehen würde. Ein lautes Bremsen und das Zuschlagen einer Türe machte die Situation nicht gerade entspannter.

Dann – ein Klingeln an der Haustüre…. Minuten der Ruhe… nochmals ein lautstarkes Klingeln, bis Unki nun doch endlich öffnete.

Vor ihr stand ein etwas älterer Herr mit leicht grauem Haar und einem weißen Krauselbart. Er trug ein lustiges Hawaiihemd, gepunktete Boxershorts und bunte Flipflops ohne Socken. Auf seiner großen Nase saß eine dunkle Sonnenbrille. Aus dem MP 3 Player, der in der Tasche seines Hawaiihemdes steckte, ertönte das Lied „Like ice in the sunshine." Er sah ein bisschen wie der Nikolaus aus, der gerade seinen Sommerurlaub machte. Freundlich blickte er Unki an und stellte sich vor: „Gestatten, mein Name ist Ronny Weisenheim. Sie kennen mich noch? Ich bin der Antiquitätenhändler aus der Geschichte mit der Regenbogenlampe."

Unki wusste zum ersten Mal nicht, was sie sagen sollte. Sie war vollkommen sprachlos. „Äh…ja…gu-gu-guten Abend, Herr Weisenheim.", stotterte sie dann einige Zeit später. „Wir haben schon auf Sie gewartet. Wollen Sie nicht reinkommen?"

„Gerne, einen Moment – ich will nur noch Little Blitz kurz sagen, dass ich weg bin. Sie wissen ja, Autos können heutzutage ganz schön störrisch sein. Sie sind dann immer gleich eingeschnappt, wenn man sich nicht um sie kümmert."

„Ok", entgegnete Unki mit einem leichten Kopfschütteln, dem noch merkwürdigen Besucher.

„Schatz, ist Ronny inzwischen schon da?", rief Mitti aus dem Hintergrund.

„Ja, er kommt gleich rein zu uns auf eine Tasse Tee.", antwortete Unki aus der Ferne. „Ron, was für eine Überraschung, mein guter alter Freund."

Mitti nahm Herrn Weisenheim fest in die Arme, bis sich alle drei schließlich an den großen Holztisch gesetzt haben und ihren leckeren Tee tranken.

„Nun erzähl aber mal, was in den letzten Jahren alles los war.", forderte Mitti neugierig den Gast zu später Stunde auf.

Noch bevor Ronny antworten konnte, legte Mitti nach: „Ach, das ist übrigens meine Frau Unki. Wir haben letztes Jahr standesamtlich

und dieses Jahr kirchlich geheiratet. Die Erfüllung meines Lebenstraumes. Ich denke, dass ihr
euch auch duzen solltet. Freut mich, Ron, dass
du uns besuchst."

„Meine lieben Freunde, seitdem das Buch „Süßigkeiten zum Lesen" auf den Markt kam, sind
sehr merkwürdige Dinge damit geschehen.
Man sagt, dass jeder Leser nach der Lektüre des
Buches etwas Besonderes gemacht hat. Es soll
jeder von ihnen eine kleine, eigene Geschichte
in ihrem Exemplar ergänzt haben.
Die vier Bücher, Mitti, sind alle weit verstreut
worden und sehnen sich danach, dass sie alle
wieder zu euch zurückkommen. Daher auch der
Anruf von mir vorhin, weil eines der Bücher in
dem ehemaligen Geschäft in der Rheinstraße im
Regal sicherlich vergessen wurde.
Ihr beide müsst unbedingt dorthin fahren und es
holen. Deshalb bin ich hier und Little Blitz wartet auf euch vor eurem Haus.

Aber, liebe Unki und lieber Mitti, ihr müsst mir
versprechen, dass ihr vorsichtig seid, denn es
lauern Gefahren, die man nicht gleich sieht."

Mitti und Unki schauten sich nach diesen Worten nur noch an, denn sie wussten nicht, was gerade alles mit ihnen geschah.

„Wir sollen also alle vier Bücher wieder einsammeln? Wo sind sie denn alle? Weißt du es genau?", kam es sehr schnell über Lippen von Mitti.

„Mein lieber Freund, ich kann es dir auch nicht so genau sagen, aber der erste Teil hat bestimmt eine Antwort auf alle Fragen. Jetzt muss ich aber wieder los, es ist schon spät und ihr solltet euch auch gleich zu Little Blitz begeben."

Unki und Mitti wollten gerade noch etwas sagen, aber da war Ronny schon wie der Weihnachtmann durch den Kamin ihres Wohnzimmers verschwunden.

„Was war denn das nun jetzt? Ronny ist so schnell er da war, auch schon wieder weg?", stellte Unki verdutzt fest.

„Ich wollte ihn noch so viele Dinge fragen….durch den Kamin….das kann doch jeder, pah!", raunte Mitti Gedanken versunken in den Raum.

Ein Hupen riss beide aus ihren unfertigen Gedanken. „Little Blitz! Das Auto, Mensch, wir haben es doch glatt vergessen. Autos können ganz schnell beleidigt sein, hat Ronny gesagt. Von wegen! Nur wenn man mal fünf Minuten länger braucht…"

Und schon wieder hupte es in einem nicht zu überhörenden Ton.

„Wir kommen ja…gleich, Little Blitz!", rief Unki mehr als aufgeregt. Beide rannten zur Ausgangtür und Mitti nahm noch schnell eine Stofftasche vom Haken mit, in die er die Bücher sammeln wollte.

Kurze Zeit später stand er dann vor ihnen: Little Blitz! Die Scheinwerfer leuchteten ganz hell und ein bisschen Musik war nicht zu überhören. Aus dem roten Dodge erklang das Lied: Sunshine Reggae. Zum Glück war in dieser Nacht Vollmond und Mitti und Unki konnten ihren künftigen Begleiter vollkommen in Augenschein nehmen. Auf den ersten Blick war es nur ein Zweisitzer, der eine kleine Rückbank hatte. Kofferraum war Fehlanzeige, dafür gab es eine Ladefläche mit ein paar Schnüren darauf. Das Nummernschild war auch ganz besonders: MM 9313.

Einige Sekunden blieben die Beiden vor dem Auto wie angewurzelt stehen, bis die Türen von alleine aufgegangen sind. Der Herzschlag von Unki und Mitti erhöhte sich zusehends, ihr Puls pochte nur so in ihren Adern, als sie vor diesem sehr außergewöhnlichen Auto standen.
Wie aus dem Nichts kam dann eine Art Durchsage: „Bitte steigt jetzt endlich ein! Wir sollten uns schnell auf den Weg machen!"

Mit einem leichten Zittern sind beide nun ins Auto gestiegen und haben auf Fahrer und Beifahrerseite Platz genommen. Unki nahm hinter dem Lenkrad und Mitti neben ihr Platz.

„Und jetzt?" fragte Mitti. Noch ehe sich beide versehen konnten, gingen die Türen wieder zu und es folgte eine weitere Durchsage: „Schön, dass ihr hier seid, ich freue mich sehr. Gestatten: Mein Name ist Little Blitz und ich werde euch auf eurer Reise zu den verschwundenen Büchern sehr gerne begleiten."

„Das ist ja wie in einem Science-Fiction Film, mein Schatz. So was gibt es doch nur im Fernsehen oder in Büchern, oder?", entgegnete Unki ihrem ebenso aufgeregten Mann, „aber wir sind jetzt eh schon mitten drin in der Geschichte und ich möchte zu gerne wissen, was es mit dem Anruf, dem Besuch von Ronny und jetzt mit Little Blitz auf sich hat."

Ein Blick auf das Cockpit des Autos ließ das Techniker Herz höherschlagen. Alles war da, vom Navi über Radio bis hin zu einem großen Tablet. Die Sitze waren sehr bequem und auch sonst ließ es sich in diesem speziellen Auto hier sehr gut aushalten.

„Okay, Little Blitz, wir sind bereit! Lass uns starten!", kam es Unki sehr mutig über ihre Lippen. Mitti hingegen saß etwas stiller und sichtlich nervöser auf dem Beifahrersitz.
„Meine Lieben, Ihr müsst wissen, dass ich kein normales Auto bin. Als alter Dodge wurde ich vor vielen Jahren in einer kleinen Werkstatt nicht weit von hier ein wenig umgebaut. Vielleicht sollte ich euch…."

Plötzlich unterbrach ihn Unki: „Quatsch! Nun los endlich! Wir wollen nicht länger warten und mehr Zeit verlieren, denn der neue Tag beginnt langsam schon."

Leicht ungeduldig drückte Unki ohne großes Nachdenken den grünen runden Knopf an ihrer rechten Seite. Noch bevor sich beide anschnallen konnten, machte es ganz laut „Zisch" und Little Blitz war binnen Sekunden in der Luft und schwebte nur ein paar Meter höher über ihrem Garten.

„Wollt ihr nicht doch wissen, wie….", fragte Little Blitz erneut.

„Nein! Wir brauchen keine Gebrauchsanweisung. Es geht!", entgegnete Mitti sehr siegessicher ihrem neuen automobilen Freund.

„Bitte, wie ihr wollt. Ich habe euch gewarnt!", erwiderte Little Blitz kurz und knapp.

Währenddessen drückte Unki einen weiteren Knopf und schneller als der Wind flitzte Little Blitz durch die Luft.

Die Welt unter ihnen schien sehr klein und alles war wie auf einer Spielzeugeisenbahn, denn Berge, Häuser, Straßen und Autos sahen sie nur in Miniatur. Unki und Mitti genossen in dem nun herannahenden Morgen diesen einmaligen Blick und die fast unendliche Weite, die vor ihnen lag.

Doch! Was war das? Ein leichtes Raunen und Winseln riss sie erneut aus ihren Gedanken. „Schau´ mal! Da muss noch jemand mit bei uns sein.", flüsterte Mitti zaghaft
„Wer kann das nur sein? Hast du jemanden in unserem Auto gesehen?", fragte Unki und wollte die Situation etwas beschwichtigen.

Da war das Geräusch aber wieder. Und so kam es, dass wie aus dem Nichts ein kleiner Hunde-kopf zwischen ihren Sitzen hervorlugte und neugierig nach vorne blickte.

„Tja, ihr zwei, darf ich euch noch jemanden vorstellen: Mogli – der Haushund von Frau Mahlstein und auch mein ständiger Begleiter auf Reisen. Er wollte unbedingt mitfahren, um euch bei der Suche nach den verschwundenen Büchern zu helfen.", erklärte Little Blitz seinen beiden verwunderten Fahrgästen.

Mogli, ein kleiner Hund im Alter von etwa sieben Monaten, dessen Fell braun, weiß und schwarz gefleckt war und der lange Schlappohren und einen treuherzigen Blick, war also mit an Bord. Unki begann diesen gleich hinter den Ohren zu kraulen und Mitti hatte aus der „Leckerli-Bar", die sich plötzlich vor ihm öffnete, auch eine Kleinigkeit für ihren neuen vierbeinigen Freund.

„Nur noch wenige Minuten bis zur Landung! Alles startklar machen. Für ein paar Sekunden werden wir nun alle unsichtbar, damit wir kein Aufsehen erregen. Bitte alle anschnallen und die roten Brillen neben euch aufsetzen. Auch du Mogli, vergiss´ es nicht wieder, wie beim letzten Mal!", sagte Little Blitz so, als ob gleich ein Raumschiff mitten in der Stadt, wo sie sich jetzt befanden, landen würde.

„Keine Bange. Ich habe sie doch schon auf.", sprach Mogli so, als ob es das normalste auf der Welt sei, das Hunde sprechen können.

„Nun verstehe ich gar nichts mehr...."

„Ich auch nicht...Woher kommen denn nun diese roten Brillen? Mogli spricht?"

Mit einem Satz setzten Unki und Mitti ihre roten Brillen auf, bevor ein leiser Gongschlag alle drei in einen tiefen Kurzschlaf versetzte. Ein bisschen Zeit verstrich und was nun alles genau geschah, das wird für alle ein kleines Geheimnis bleiben.

Wie aus einem kurzen Traum erwacht, waren Unki, Mitti und Mogli plötzlich inmitten einer großen Einkaufsstraße, wo unzählige Leute wuselten und jeder den Anschein erweckte, es sehr eilig zu haben.
Auch Mogli stand scheinbar deutlich unter Strom, denn so schnell wie seine kurzen Beine ihn trugen, flitzte er in eine Seitenstraße und war für den Bruchteil einer Sekunde verschwunden. Als er wieder kam hatte er einen kleinen Briefumschlag im Maul.

Vorsichtig nahm Unki diesen entgegen und begann zu lesen: „Liebe Unki, lieber Mitti und lieber Mogli, endlich seid ihr hier! Ich habe schon auf euch gewartet.
Ihr findet den ersten Band eurer gesuchten Bücher dort, wo diese vor vielen Jahren verkauft wurden. In diesem Umschlag habe ich euch den

letzten der drei Schlüssel gelegt, damit ihr in das Geschäft in der Rheinstraße 13 gelangen könnt. Beeilt euch, denn die anderen Bücher warten auch auf euch. Viele Grüße Uli."

„Uli? Wer könnte das nun wieder sein? Ach ja, klar, das war der kleine Junge aus der Geschichte mit der Regenbogenlampe. Jetzt erinnere ich mich wieder an ihn. Also nichts wie los zur Rheinstraße. Der nächste Bus fährt gleich."

Ein Bus war jetzt auch notwendig, weil Little Blitz wie vom Erdboden verschwunden war und keiner wusste, wo dieser nur war. Hastig rannten alle drei zur Bushaltestelle und kamen nach zwanzig Minuten an die Haltestelle Nummer 13.
Die Temperatur war trotz des nahenden Herbstes sehr angenehm und machte die letzten Meter bis zum Geschäft durchaus erträglich.

Die Rheinstraße, so muss man wissen, ist eine der längsten Straßen der Stadt und hier finden sich eine ganze Reihe von Hochhäusern, Geschäften, aber auch verträumten Einfamilienhäusern.

Die Spürnase Mogli ging schnellen Schrittes voran und lies seine Erinnerungen wiederaufleben, um den genauen Ort ausfindig zu machen. Wenige Meter weiter standen alle drei vor dem geschlossenen Geschäft, auf das ihre Blicke wie gebannt darauf gerichtet waren, denn vieles war noch so, wie vor gut neun Jahren.

Das Schaufenster war auch wieder mit einem grünen Tuch verhängt und es war so, als ob die Zeit seit der Schließung stehen geblieben war. In der unteren rechten Ecke des Schaufensters war noch das herabgefallene Schild „Geschichten zum Mitnehmen" zu erkennen und vieles war von der Sonne trotzdem schon sehr vergilbt. Im Laufe der Zeit hatten sich die Rosen, die Frau Mahlstein unter das Fenster gepflanzt hatte, breit gemacht.

„Na los, Unki und Mitti, jetzt macht schon die Tür auf! Wir haben noch vieles vor.", raunte Mogli ziemlich beherrschend vor sich hin.

Unki nahm sehr zielsicher den Schlüssel aus ihrer Tasche und ging zur Eingangstür, wobei sich die Sonne mittlerweile etwas senkte und den ehemaligen Laden in einem warmen, gelben Licht beleuchtete.

Ein erster Klick, ein zweiter Klick und der Schlüssel öffnete die Tür mit einem nicht zu überhörenden Quietschen wie von selbst. Durch den geöffneten Türspalt schien die Sonne ein bisschen in den Laden, trotzdem war es schon ein etwas mulmiges Gefühl, nach so langer Zeit wieder diesen Raum zu betreten. Die Luft war modrig und stickig, als sie die Nasen der drei Besucher umspielte.

Im Laden selbst war alles noch so wie früher: die Theke, die weißen Stühle und das große Bücherregal an der Wand. Selbst der Computer war noch vorhanden, ebenso wie die Decke, auf der Mogli immer gelegen war.

„Wo ist denn nun das erste Buch?", fragte Mitti verwundert in die Runde.
„Keine Ahnung, mein Schatz, hier gibt es noch ganz viele Bücher neben den „Süßigkeiten zum Lesen". Lass uns genauer schauen.", entgegnete Unki mit ruhiger Stimme. In der Tat gab es die unterschiedlichsten Bücher: Philosophie für Anfänger, Anleitung zum Glücklichsein, Das A und O des geistigen Reichtums oder aber auch Wie erfinde ich die Welt neu in 90 Tagen.

Nichts war von den „Süßigkeiten zum Lesen"
auch nur ansatzweise zu entdecken. Unki, Mitti
und Mogli sind alle sehr aufmerksam in dem
Laden umhergelaufen, um das erste Exemplar
zu finden. Nichts, nur gähnende Leere!

„Und jetzt? Alles umsonst! Wären wir doch nur
zu Hause geblieben.", dachte Mitti laut.
„Halt mal!", rief Unki wie aus heiterem Himmel. „Hier ist doch noch ein kleines Schränkchen unter dem Computer. Das scheint aber zu-
geschlossen zu sein."

Mogli schnüffelte neugierig daran und erinnerte
sich: „Das war der Geheimschrank. Dort wurden immer die ganz besonderen Geschichten
aufgehoben, die nur ausgewählte Kunden beka-
men. Es ist kein Schloss nur eine Zahlenkombi-
nation kann uns weiterhelfen. Dies ist der
Schlüssel zum Glück. Lasst mich mal überlegen. Mitti, probiere doch mal 0522 und drücke
die Taste danebeen."
Nach dem Eintippen ertönte ein dumpfes Pling
und das Schränkchen öffnete sich leider nicht.

Dort stand: Sie haben noch zwei Versuche, ansonsten wenden Sie sich bitte an Ihren Kundendienst.

„Dann probiere mal die 7498 vielleicht ist das die richtige Kombination.", murmelte Mogli.

„Nein auch wieder nicht! Wir haben nur noch einen Versuch. Jetzt denk´ aber scharf, nach mein Guter.", sagte Mitti und gab dem vierbeinigen Freund ein Leckerli zur Stärkung.

„Okay, okay! Ich weiß es ganz sicher ist es die 2812. Das ist der Schlüssel zum Glück." Tatsächlich öffnete sich der kleine Schrank und das erste Buch der „Süßigkeiten zum Lesen" kam zum Vorschein.

Auf dem Umschlag des ersten Buches war das Symbol eines Herzens deutlich zu erkennen. Der Umschlag war also im Vergleich zu der ursprünglichen Ausgabe mit zwei grünen Blumen auf der Vorderseite verändert worden. Keiner dachte aber dazu weiter nach und Mitti begann, die darin ergänzte Geschichte vorzulesen:

Das Weihnachtsglück in deinen Händen

Jedes Jahr rund um die Vorweihnachtszeit war es bei vielen Menschen so, dass sie immer hektischer wurden, weil sie nicht genau wussten, wem sie was schenken sollten. Die Läden und auch die Onlineshops waren übervoll mit Ideen und Angeboten. Nichts davon konnte Alberta und Leo so richtig überzeugen, was sie sich gegenseitig schenken wollten. Eines Abends aber die zündende Idee: Wie wäre es, wenn jeder ein kleines Budget nimmt, um dem anderen die maximale Freude zu bereiten. Gesagt – getan und so begaben sich beide auf eine kleine und geheime Einkaufstour. Ein gemütlich eingerichteter Buchladen sollte es sein, in dem die Geschenke gekauft werden sollten.

Wichtig dabei war, dass man sich überlegen sollte, was mit dem Geschenk oder den Geschenken verbunden wird, wobei es am besten sein sollte, wenn ein persönlicher Bezug zum Beschenkten besteht. Nicht allzu lange dauerte es, bis beide ihre kleine Einkauftasche mit sehr persönlichen Weihnachtsgeheimnissen gefüllt hatten. Die Tage bis zum Heiligen Abend wurden von nun ab immer spannender und nichts, aber auch nichts konnte man dem anderen entlocken. Es gab keinen Hinweis, keine unüberlegten Gedanken und auch keine Fangfrage hat geholfen.

Der Tag der Bescherung wurde dann ganz besonders gefeiert und die kleine Geschenkbox mit viele Liebe dem anderen gegeben. Das Rascheln des Papiers und das langsame Auspacken machte jede Minute zu einem ganz besonderen Augenblick. Schließlich standen kleine und ganz persönliche Geschenke unter dem Weihnachtsbaum. Was ist so besonders an dieser Geschichte? Das ist doch vollkommen klar: Es kommt nicht darauf an, wieviel man schenkt und auch nicht wie teuer es ist, sondern vielmehr ist wichtiger, das der Gedanke an den Anderen zählt.

Der Beschenkte ist einem dabei ganz besonders wichtig und jedes Mal, wenn man die Geschenke anschaut, erinnert man sich an den Heilig Abend zurück und spürt das unbeschreibliche Gefühl des Weihnachtsfestes.

Immer dann, wenn es einem schlecht geht oder man sich traurig fühlt, kann man die Geschenke nehmen, um wieder fröhlicher zu werden. Das Gefühl der Geborgenheit in diesem Moment macht die Seele und das Herz frei. Man sieht über alle Sorge und Angst dieser Welt hinweg. Niemals soll man dies künftig vergessen und dabei immer daran denken, dass man sich im Leben über jeden noch bevorstehenden Augenblick freuen soll. Das zu erleben und zu genießen sollte nicht nur in der Weihnachtszeit und am Heiligen Abend der Fall sein, sondern immer und alle Zeit.

Also, sei bereit dafür und siehe, welche schönen Erlebnisse dein tägliches Leben bereithält. Sei wachsam und achtsam, damit dir keine Gelegenheit ungenutzt bleibt und du diese verstreichen lässt. Die Freude und das Gefühl der Weihnachtsnacht soll dich von nun an immer wieder aufs Neue tragen, damit du stets gestärkt bist. Denke immer daran und vergiss nie die Geschichte vom Weihnachtsglück in deinen Händen. Du trägst es aber nicht nur da, du trägst es ab sofort immer in dir.

Mitti las gerade den letzten Satz zu Ende, als Unki und Mogli bereits den Weg nach draußen suchten.

„Einen Moment noch, meine Lieben! Ich muss noch das erste Buch in meine Tasche stecken und die Türe wieder gut verschließen", rief Mitti den beiden zu.

Wenige Minuten später standen alle drei vor dem Geschäft und waren sehr erstaunt, dass Little Blitz wie aus dem Nichts für sie bereitstand. Ihr treuer Begleiter öffnete sogleich die Türen, begann mit seinen Lichtern vor Freude zu blinken und sprach zu ihnen: „Unki, Mitti, Mogli – alle bitte einsteigen und für unsere Heimfahrt fertigmachen." Ehe man sich versehen konnte, waren die drei wieder im Cockpit von Little Blitz, der sie in Windeseile wieder nach Hause brachte. Dort sicher wieder angekommen verabschiedeten sie sich von Little Blitz und wünschten ihm noch eine gute Zeit. Die nächsten Wochen vergingen ohne besondere Vorkommnisse.

Die Adventszeit rückte in unaufhaltsamen Schritten immer näher und in der Nacht vom zweiten Advent begann es sehr kräftig zu schneien. Alles rund um das kleine Haus von Mitti und Unki war mit viele Schnee eingehüllt, denn es fielen unzählige weiße Flocken auf das Land. Die Bäume und der Garten waren nur noch zu erahnen, weil das weiße Kleid wirklich alles bedeckte. Die späte Morgensonne stattete den Beiden einen kleinen Besuch ab, während sie gemütlich zusammen mit ihrem Hund Mogli einen leckeren Punsch tranken.

Um es in dem Haus noch gemütlicher zu machen hatte Unki die Idee, den Kamin einzuheizen. Sie war gerade dabei einige Holzscheite auf den Rost zu legen, als ihr ein leicht eingestaubter Umschlag auffiel.
„Komisch", dachte sie, „wo kommt der denn her?" Vorsichtig nahm sie den Umschlag und begann diesen zu öffnen.

„Meine Lieben, heut bekommt ihr eure zweite, etwas schwierigere Aufgabe. Ihr sollt den Osterhasen Rudolf mit seiner Familie im tief verschneiten Winterwald besuchen. Wenn die Zeit dafür gekommen ist, werde ich euch einen meiner Helfer zu euch schicken.
Liebe Grüße, Euer Ronny."

„Den Osterhasen besuchen?", warf Mitti in den Raum.

„Wieder mit Little Blitz? Wie soll der denn durch die Schneemengen kommen? Ich habe keine Ahnung."

„Vielleicht wachsen ihm ja Kufen.", entgegnete Unki ihrem verdutzten Mann.

In Gedanken versunken konnten die Beiden aus der Ferne das Klingeln von Glöckchen hören. Es war absolut nicht zu überhören und kam immer näher zu ihnen. Unki und Mitti schauten sofort aus ihrem Fenster, während Mogli hastig und neugierig zur Türe lief.

„Nun warte mal. Sitz – Platz- Bleib – Mogli. Wer weiß, wer das nun wieder ist.", überkam es Unki, die nach wie vor gebannt aus dem Fenster schaute.

Aus nicht mal mehr hundert Metern konnte man dann doch etwas erkennen. Ein kleiner Pferdeschlitten kam ihnen entgegen. Das Pony schnaubte und man konnte seinen Atem in der kühlen Luft sehen. Schließlich machte es vor dem Haus der Beiden Halt.

Hastig zogen sich Unki und Mitti etwas Warmes über, als sie wieder einmal voller Neugierde die Haustür öffneten. Mogli machte einen großen Satz und stieß mit seiner Schnauze in den hohen Schnee, dass diese vollkommen weiß werden ließ. Treuherzig schaute das braune Pony die beiden an und erweckte den Anschein, dass alle nun einen Wettlauf mit der Zeit begannen.

Die Kälte und der viele Schnee schienen für Unki und Mitti inzwischen vergessen, denn sie standen einfach staunend vor dem Pferd mit dem kleinen Schlitten. Geradezu einladend war dieser in seinem dunkelroten Ton mit einer großen blauen Decke auf der Sitzbank.

„Sag mal Mitti, was hat denn dies nun wieder zu bedeuten, mein Schatz?", fragte Unki leise und rieb sich ihre Hände, um sich vor der äußerst kalten Luft zu wärmen.
Noch bevor Mitti eine Antwort geben konnte, stupste ihn Mogli und sprach: „Darf ich euch vorstellen? Das ist mein Freund Little Blitz Speedy."
„Es hat heute so viel geschneit, dass ihr mit eurem Super-Auto nicht den Weg zu Rudolf

schaffen könnt. Ich hingegen komme durch jeden Schnee, denn ich bin ein Gefährte von Schnobi Schneebär, der für den ganzen Schnee hier verantwortlich ist. Also, nichts wie los und auf geht's.

Ach, bevor ich es vergesse, wundert euch nicht, denn den Osterhasen gibt es auch im Advent. Da macht er ein bisschen Urlaub und denkt sich schon aus, was er alles für das bevorstehende Osterfest planen muss.", erwiderte Little Blitz Speedy seinen drei staunenden Freunden.

Unki, Mitti und Mogli standen vor Little Blitz Speedy und sahen sich gegenseitig mit großen Augen an. „Warum denn nicht? Den Osterhasen im Winter besuchen ist doch keine schlechte Idee. Vielleicht ist es ihm ein bisschen langweilig und er und seine Familie brauchen ein wenig Abwechslung.", warf Mitti in den Raum.

Nachdem sich die Drei reisefertig gemacht hatten, ging es endlich los. Die blaue große Decke umkuschelte Unki und Mitti und sogleich verbreitete sich eine wohlige Wärme, die den beiden bei den eisigen Temperaturen des zweiten

Adventssonntags nichts mehr ausmachte. Zwischen ihnen lugte ihr treuer Begleiter Mogli hervor und schien sich ebenfalls sichtlich wohl zu fühlen.

Ein lautes Wiehern entfleuchte Little Blitz Speedy und wie vom Wirbelwind angetrieben begann die abenteuerliche Reise durch die schneebedeckte Winterlandschaft, die schon fast einen märchenhaften Charakter hatte: Schmale Wege gefolgt von den weiten verschneiten Wiesen machten die Fahrt zu einem unvergesslichen Erlebnis. Manchmal kam es einem so vor, als ob die Bäume auf die Erde herab ragten, weil der Schnee so schwer auf ihren Ästen lag. Das eine oder andere Mal wehte eine kleine Portion der weißen Pracht in die Gesichter von Unki und Mitti. Keiner der beiden hatte auch nur den leisesten Zweifel daran, dass ihr gemeinsames Ziel unklar war, denn das Wichtigste für sie war, dass sie für einander da waren. Vertrauen in die gemeinsame Zukunft hatten sie schon vor längerer Zeit geschlossen, als sie ihre Hochzeit gefeiert hatten. Damit konnte in ihrem Leben nichts mehr schiefgehen, denn jeder war der Halt des anderen in guten, wie in schlechten Lebenslagen. Raum und Zeit hatten schon vor vielen Jahren an Bedeutung verloren, denn das gemeinsame unsterbliche und ewige Gefühl der Geborgenheit, Nähe, Zusammengehörigkeit und Liebe hat schon längst ihr Leben ausgefüllt. Wie ihr Pfarrer schon an ihrer Trauung so treffend gesagt hat, haben sie lange aufeinander warten müssen, dafür aber hat sich das Warten mehr als gelohnt. Beiden kam es so vor, als ob sie schon ein Leben lang zusammen sind und es kein Leben ohne den anderen vorher gab.

Gedankenversunken lagen sich beide in den Armen und ließen sich von Little Blitz Speedy durch die Winterlandschaft führen. Als es anfing dämmrig zu werden, wurde es noch mehr romantisch, da um den Schlitten eine Lichterkette begann, die Dunkelheit in warmes Licht zu tauchen.

Den Weg kreuzte eine Rehfamilie und die Fahrt ging scheinbar unendlich weiter. Langsam wurde Little Blitz Speedys Schritt gemächlicher und aus der Ferne konnte man ein kleines Licht erblicken.

Was war es, was man dort erahnen konnte? Auf dem schon seit Jahren verlassenen Bahnhof am Waldrand stand doch tatsächlich noch ein alter, grüner Reisewaggon, den man vielleicht noch aus den 50er Jahren kannte.

Das Besondere daran war, dass dieser vermutlich bewohnt war, denn der Waggon war im schönsten Licht hell erleuchtet.

Unki, Mitti und Mogli fuhren zusammen mit Little Blitz Speedy bis ganz nah an den Wagen heran und schon beim Herannahen kam ihnen ein Hase entgegen.

„Meine Lieben, schön, dass ihr alle gleich gekommen seid. Little Blitz Speedy hat euch zum Glück sicher und schnell gebracht.

Darf ich mich kurz vorstellen: Mein Name ist Rudolf und ich bin von Beruf Osterhase. Jetzt, in der Vorweihnachtszeit habe ich mir ein paar freie Tage genommen, um bei meiner Familie zu sein.", überkam es dem leicht durchfrorenen Osterhasen.

Während dieser so sprach, gab er dem kleinen Pony ein bisschen Hafer zur Belohnung und streichelte es zärtlich und behutsam.

Was den eigentlich spontanen Gästen überraschend vorkam, war, dass Rudolf scheinbar schon bestens auf ihren Besuch vorbereitet war.

Unki und Mitti konnten den lieblichen Duft von frischen warmen Stollen und Plätzchen durch ein leicht geöffnetes Fenster ganz deutlich riechen. Eine tausend Jahre alte Legende besagt hierzu übrigens, dass Osterhasen für gewöhnlich die besten Weihnachtsnaschereien machen. Mal sehen, ob das auch so stimmt.

„Du bist der echte Osterhase? Hier mitten im verschneiten, tiefsten Waldstück am Ende der alten Bahnlinie?", fragte Mitti nach wie vor verblüfft und zuckte leicht mit seinen Schultern.

„Kommt erst mal rein. Ich will euch alles ganz genau erklären, bevor ihr euch in dieser Eiseskälte noch einen Schnupfen holt.", antwortete Rudolf auf die verwunderten Worte von Mitti.

Unki flüsterte mit leicht aufgeregter Stimme: „Der echte Osterhase, mein Schatz? Das ist doch alles ein Traum, oder?"

Drei kleine Stufen ging es nach oben und dann waren die Besucher inmitten des grünen Eisenbahnwagens. Was sie nun sahen, ließ die Drei noch mehr ins Staunen bringen, denn es war wirklich kein gewöhnlicher Wagen, sondern einer zu einer, der zu einer richtigen Wohnung umgebaut wurde:

Rechts am Ende gab es eine Küche, in der die Frau des Osterhasens gerade sehr fleißig mit Backen beschäftigt war. Daneben gab es eine kleine, verträumte Spielecke, in der die beiden Osterhasenkinder gerade sehr konzentriert die unterschiedlichsten Weihnachtssterne aus gelbem Tonpapier ausgeschnitten haben. Kaum sahen sie ihre Besucher, riefen sie wie im Chor: „Hallo!" und rannten auf Mitti, Unki und Mogli freudestrahlend zu.

„Also, meine Lieben, das sind unsere Kinder und dort ist meine Frau.", verkündete in dieser Sekunde Rudolf sehr stolz.

„Bitte nehmt doch hier Platz und fühlt euch wie zu Hause. Es gibt gleich frischen Möhrenstollen und einen ganz leckeren Möhrocino nach Art des Hauses.", lud der Hase alle nochmals herzlich ein.

Vorher wurde Little Blitz Speedy noch von Rudolf in den alten Bahnhof gegenüber ihrem Eisenbahnwaggon gebracht, den dieser zu einer Art Osterfabrik umgebaut hatte.

Überall waren Farben in sämtlichen Facetten, sowie Osternester und Körbe in allen Größen zu bestaunen. Der Osterhase arbeitete nämlich das ganze Jahr und war gerade in der Advents- und Weihnachtszeit mit den ersten Planungen stark beschäftigt, denn alles muss pünktlich fertig werden, damit die Menschen auch alle ihre Osterüberraschungen rechtzeitig bekommen können.

Jedenfalls bekam Little Blitz Speedy einen warmen Nachtplatz mit viel weichem Heu, frischem Wasser und jede Menge Hafer zur Stärkung.

Jetzt konnte er sich von den Strapazen der langen Fahrt durch den verschneiten Winterwald gut ausruhen und sich auf seine bevorstehende Aufgabe als Schneelieferant vorbereiten.

Spätestens morgen sollte es wieder zu schneien beginnen und man musste wissen, dass Little Blitz Speedy zusammen mit Schnobi Schneebär der größte Schneelieferant überhaupt war.

Nun aber zurück in den Eisenbahnwaggon und zu unserer Geschichte: Mitti, Unki, Mogli sowie Rudolf und seine Familie saßen mittlerweile zusammen und genossen den Möhrocino und den selbstgemachten Möhrenstollen in vollen Zügen.

„Jetzt ist es an der Zeit, dass ich euch mal auf dem Laufenden halte. Wie ich weiß, seid ihr auf der Suche nach dem zweiten Buch der „Süßigkeiten zum Lesen".
Eines davon habt ihr bereits in dem alten Laden in der Rheinstraße gefunden, wie ich gehört habe.", sprach Rudolf zu seinen Gästen.
„Ja, das stimmt, eines habe ich hier!", unterbrach Unki die Worte des Osterhasen.
„Also", fuhr der Osterhase fort, „ich habe das zweite Buch. Wie könnte es auch den anders sein? Das wurde vor ein paar Jahren einmal in einem Osternest vergessen. Ihr wisst vielleicht gar nicht, dass der Osterhase ein paar Tage nach dem Ostersonntag eine weitere Aufgabe hat. Der Osterhase muss zu diesem Zeitpunkt alle die Nester wieder einsammeln, die nicht gefunden wurden. In einem solchen war auch eines eurer gesuchten Bücher drin."

„Hier!", rief die Frau des Osterhasen und hielt das zweite Buch ganz stolz in die Luft. Auch bei diesem Exemplar war der Umschlag wieder verändert worden und dieses Mal war statt der beiden Blumen das Symbol eines vierblättrigen Kleeblattes auf der Vorderseite zu sehen.

Mitti und Unki schauten sich für einen Moment an, auch Mogli schien sichtlich überrascht, als er seine Schnauze nach oben hielt.

Rudolf nahm das Buch in seine Hände und erzählte weiter: „Ich weiß, dass auch diese Ausgabe mit einer weiteren Geschichte versehen wurde, die nur in diesem Buch steht. Hören wir sie uns doch mal an."
So geschah es dann auch und Rudolf begann vorzulesen:

Ein ganz besonderer Weihnachtsbaum

Am Rande unserer Stadt ist über die letzten Jahre hinweg ein kleiner neuer Wald entstanden. Die Einwohner sagen auch, dass es sich um einen Familienwald handelt, in dem man zu jedem Anlass einen neuen Baum pflanzen kann. Jedes Jahr im Spätsommer wurden dort dieser immer wieder mit neuen Tannen und Kiefern bereichert, wobei der eine oder andere Baum bereits eine beachtliche Größe angenommen hatte.

Letztes Weihnachtsfest allerdings hat sich in diesem kleinen Wald etwas ganz Besonderes abgespielt. Die Tiere des Waldes haben sich (wie sonst in den Vorjahren auch) am Tag vor dem Heiligabend auf der Lichtung nicht unweit des Flusses getroffen. Irgendwie fehlte ihnen immer etwas, genauer gesagt: ein eigener Weihnachtsbaum. Weihnachten ohne Baum ist wie Ostern ohne bunte Eier (und man darf nicht vergessen, dass der Osterhase hier selbst spricht und ganz besonders weiß, wovon er spricht!).

Bei ihrer diesjährigen vorweihnachtlichen Zusammenkunft beschlossen sie, dass ab sofort ein Baum von ihnen allen mit dem Schmuck des Waldes verschönert werden sollte. Am nächsten Abend sollte jeder etwas mitbringen, was man an den Baum hängen konnte. Flugs waren alle Tiere weg und den nächsten Tag damit beschäftigt, jede mögliche Dekoration für ihren ersten gemeinsamen Weihnachtsbaum zu suchen.

Zum Glück war der Heiligabend eine sternenklare Vollmondnacht und man konnte die geschmückte Pracht sehr gut erkennen. Die verschiedenen Vögel haben sich zum Schmuck auf den Baum gesetzt, die Eichhörnchen brachten Nüsse mit und die Mäuse allerlei Kleinteile, die sie auf den Ästen gut verteilen konnten. Die Füchse hatten ganz seltene Zweige dabei und die Rehe brachten ein Buntgeflecht mit.

Nach wenigen Minuten war der Baum festlich geschmückt und die Tiere waren rund um ihn versammelt. Eine ganz besondere Weihnacht stand für sie bevor und sie hatten eine sehr schöne und friedvolle Zeit miteinander.

Im Folgejahr wurden schon zwei Bäume von ihnen in nun bereits bewährter Art und Weise geschmückt. Was war nun so besonders an dieser Geschichte? Nun der Gedanke zählt: Der Wald wächst und wächst von Mal zu Mal und die Tiere drücken ihre Freude darüber durch das zunehmende Schmücken der Bäume aus.

Leben heißt wachsen und das nicht nur nach außen. Dein inneres Wachstum ist dabei von ganz besonderer Bedeutung. So wie der Wald größer wird, mehr Schmuck bekommt, so sollst du auch in Zufriedenheit und Glück größer und reicher werden.

In der kleinen Stadt wurde inzwischen zu allen Lebensanlässen der Menschen jede Art von Bäumen gepflanzt. Von der Geburt, über das Erwachsenwerden, über die Ehe und Familie bis hin zum Älterwerden ist alles mit dabei. Jede Lebensphase hat auch hier im übertragenen Sinne einen entsprechenden Festschmuck verdient, ebenso wie es die Tiere über die Jahre mit dem Schmücken der Bäume getan haben und auch in Zukunft tun werden.

Wenn du also an Weihnachten einen geschmückten Baum im Wald siehst, dann denke immer daran: Jede Lebensphase hat seine besondere Zeit und seinen eigenen Schmuck. Lebe und genieße jede Phase und erfreue dich an all den Reichtümern und Erfolgen, die diese für dich bereithält."

Noch lange lauschten alle der Geschichte, die Rudolf aus dem Buch vorlas, bevor sie sich alle zufrieden in die Nachtruhe begaben. Sorgfältig legte Unki das zweite Exemplar in ihre beige Stofftasche.

Am nächsten Tag durften sie nicht zu spät den Weg nach Hause antreten, denn Little Blitz Speedy musste ja die neue Menge an Schnee ausliefern. Gestärkt und ausgeruht starteten Unki, Mitti und Mogli zusammen mit ihrem treuen Begleiter wieder, der schon ganz unruhig war, denn der Schnee musste wirklich pünktlich gebracht werden, sonst gab es wieder Ärger mit Schnobi Schneebär.

So kam es, dass Mitti, Unki und Mogli wieder in ihre große, blaue Decke eingehüllt waren, um ein bisschen Schutz vor der eisigen Kälte zu bekommen. Little Blitz Speedy trabte frohen Mutes durch den tiefen Schnee, als ob es das leichteste von der Welt war.

„Ganz schön abgefahren die Geschichte mit Rudolf und seiner Familie, nicht wahr? Aber jetzt haben wir schon das zweite Buch und es fehlen uns nur noch zwei, um das Geheimnis endgültig zu lüften.", bemerkte Mitti so zwischen den langen Pausen, weil sowohl er als auch seine Frau Unki die einmalige Winterlandschaft genossen.

Mogli schien noch ein bisschen müde zu sein und schlief leise vor sich hin und dass der eine oder andere Schnee von den Bäumen fiel, machte ihm anscheinend nichts weiter aus. Nach einer schier unendlichen Fahrtstrecke kamen die Drei wieder zu Hause bei sich an. Kaum ließ Little Blitz Speedy Unki, Mitti und Mogli aus der Kutsche aussteigen, wurde dieser wieder deutlich unruhiger.

„Du musst jetzt wieder weiter zu deinem Chef Schnobi Schneebär, um ihm den nächsten Schnee zu liefern. Auf geht's, Freund und hab´ Dank, denn die Reise mit dir war sehr schön, wenn auch viel zu kurz. Komm uns mal wieder besuchen, wenn du Zeit hast oder der Winter vorbei ist und Schnobi Schneebär im Urlaub ist.

Dann kannst du die ganze Zeit bei uns bleiben!", sprach Unki liebevoll zu Little Blitz Speedy und streichelte ihn dabei über seine weiche Mähne.

Ein kurzes Schnauben, bei dem der Atem des kleinen Pferdes wie eine weiße Rauchwolke in die kalte Luft aufstieg, war alles, was Unki und Mitti noch mitbekommen haben. Dann war Little Blitz Speedy schneller als der Wind weg. Der aufgewirbelte Schnee kitzelte den Dreien in der Nase und Mitti überkam ein lautes Hatschi. Na, wird doch kein Schnupfen sein. Nein, es bestimmt nur einer der Kitzelattacken in der Nase, wie es im Winter öfters der Fall ist.

Nach zwei anstrengenden und erlebnisreichen Tagen haben sich Unki, Mitti und Mogli erst mal erholt. Als sie es sich in ihrem Wohnzimmer auf den beiden großen Ohrensesseln gemacht gemütlich haben, konnte man das Glitzern des Schnees durch das Fenster sehr gut sehen. Dies war allerdings nicht von langer Dauer, denn durch die herannahenden Wolken wurde dem ein schnelles Ende gesetzt.

Unki und Mitti haben den Schneeflocken aufmerksam zugeschaut, denn es begann kurze Zeit später dicke Flocken zu schneien.

Einen Schluck des leckeren Weihnachtstees trinkend bemerkte Unki: „Nun hat es Little Blitz Speedy doch noch rechtzeitig geschafft. Schnobi Schneebär hat mal wieder ganze Arbeit geleistet, denn inzwischen schneit es ja richtig kräftig. Zum Glück hat unser Freund Little Blitz Speedy jetzt auch Feierabend."

So genossen sie den Rest des Tages gemütlich und warteten gespannt auf das nächste Abenteuer. In der Ecke neben der Haustüre stand die beige Tasche, in der die ersten beiden Bücher der „Süßigkeiten zum Lesen" gut verstaut waren.

Wenige Stunden nach dem heftigen Schneefall verzogen sich die Wolken wieder und es folgte eine sternenklare Nacht, in der die Temperaturen auch wieder sehr in den Keller kletterten. Inzwischen war es die Woche vor dem dritten Advent. Mitti konnte nicht so richtig zur Ruhe kommen und schlief auch nicht gleicht ein.

Er schaute aus dem großen Fenster im Wohnzimmer auf die herrliche Schneelandschaft, die leicht durch den glitzernden Sternenhimmel erleuchtet war.

Im Hintergrund lief leichte Entspannungsmusik und machte den Augenblick in seiner Ruhe und Unendlichkeit zu etwas ganz Besonderem. An dieser Stelle sei angemerkt, dass Polarlichter gerade im Winter des Öfteren ihr Gastspiel gaben, wenn auch nur am Polarkreis. Was aber nicht jeder weiß: in klaren, kalten Adventsnächten können solche Phänomene auch überall sonst auf der Welt auftreten. Wie kann es dazu kommen?

Die Legende sagt, dass dann der Lebenstraum eines Menschen in Erfüllung gegangen ist und der Himmel in einem ganz besonderen (meist grünen) Licht erstrahlt. Dieses wissenschaftliche Phänomen wird aber wahrscheinlich immer ein bisschen unerforscht bleiben, weil es keine rationale Erklärung hierfür gibt. Gefühle und Wünsche kann man oft nicht mit Worten zum Ausdruck bringen.

Von alle dem hatte Mitti auch schon gelesen und gehört und dachte gerade in dieser Nacht

daran. Sein Lebenstraum ist nämlich auch in Erfüllung gegangen, als Unki vor ein paar Jahren
in sein Leben gekommen ist, denn sie hat dies
für immer verändert und eine völlig neue Richtung gegeben.

Immer dann, wenn du dir etwas von ganzem
Herzen wünschst und fest daran glaubst, dann
geschieht es auch für dich. Du musst nur den
entscheidenden Augenblick erkennen und nut-
zen, wenn dieser plötzlich in dein Leben gekommen ist. Zwanghaft darauf zu warten hat
noch nie einen Sinn gehabt. Die Zeichen erkennen, wenn sie sich dir stellen, ist die einfachste
und sicherste Methode, um das Glück in beide
Arme zu nehmen.

So ist es im wahrsten Sinne des Wortes geschehen und der dritte Strommast hat noch keine Sekunde seine Wirkung verloren und wird dies
auch ganz sicherlich niemals tun. Nein, ganz im
Gegenteil: Alles ist gewachsen und wird auch
nie aufhören zu wachsen.

Glück musst du nur mit den richtigen Menschen
teilen, dann wird es um ein Vielfaches erwei-
tert. Lässt sich alles gut mit der Relativitätsthe-

orie begründen, wie Unki immer sagt, aber Mathe und Physik in einer Geschichte wie dieser wäre nun wirklich mehr als falsch aufgehoben. Ein andermal vielleicht.

Für alles das, was Mitti mit Unki bereits erlebt hatte, bedarf es mehr als nur tausend Worte. Tausend Worte sind bei weitem nicht genug. Nicht genug, um zu sagen, wie es einem geht, wenn sich den Leben neu erfindet. Nicht genug dafür, um zu sagen, was man alles denkt und empfindet. Nicht genug, um zu sagen, wie dankbar und glücklich man ist. Es ist dann wirklich so, als ob der Nachthimmel plötzlich aufreißt und sich aus dem tiefsten schwarz ein unglaubliches grün wird. So auch in dieser Nacht vor dem dritten Advent geschehen.

Mitti sah also noch immer aus dem Fenster und dachte nach und dann? Ein leichtes Blitzen, dann ein deutlich zu erkennender Strahl wie aus einer Wasserpistole am Himmel. Grün, alles war in grün. Mitti traute seinen Augen nicht und selbst Mogli war von dem unruhigen Laufen seines Herrchens mittlerweile aufgewacht. Mitti dachte weiter nur: „Was denn nun?

Haben sich alle meine glücklichen Gedanken denn nun versammelt und sind in den Himmel emporgestiegen?

Jedes Wort, jeden Satz, den ich aus Dankbarkeit gesagt oder gedacht habe, hat sich zu einer einzigen grünen Fläche vereint, die jetzt den Himmel bedeckt.

Glaub´ an dich, du weißt am besten, was für dich das Richtige ist. Du musst dich manchmal in der Situation auch fallenlassen können und auf dich vertrauen. Sei´ dankbar für alles, was dir in deinem Leben bisher wiederfahren ist. Sei´ dankbar für die Menschen, die in deinem Leben sind oder auch waren. Sie sind bzw. waren ein wichtiger Teil von dir. Sei´ dankbar für die Fügung des Schicksals, das dich dorthin gebracht hat, wo du jetzt bist und vielleicht auch später sein wirst. Versöhne dich mit der Vergangenheit und dem erlebten Schmerz, auch dieser war bzw. ist vielleicht auch ein Teil von dir.

Versöhne dich mit den Unstimmigkeiten, dem Zwist und der Zwietracht des Vergangenen. Verzage nicht, denn deine Seele hat immer den

Nährstoff, den sie zum Leben braucht. Jedes Erlebnis macht dich in deinem Leben reicher,
auch wenn es eine negative Erfahrung ist. Sie
bringt dich trotz ihrer Last in deiner Lebens-
weise weiter."

Der Moment stand erneut still, wie auch die Uhr
im Wohnzimmer von Unki und Mitti aufgehört
hat zu ticken. Ruhe, Stillstand, nichts ging in
diesem Augenblick mehr. Mitti spürte, wie
auch er vollkommen ruhig wurde und fast wie
in Trance nach draußen ging.

Wenige Schritte später stand er unter einem
mittlerweile vollkommen in grün gehauchtem
Himmel und sah nach oben. Facettenreich wie
das Leben schien die Atmosphäre zu sein.
Nichts war in dieser Nacht so wie sonst. Mitti
genoss den stillen Moment und ließ sich den
kalten Wind um die Nase reiben.

Wie hieß es in der Legende doch so treffend:
Wenn du ganz besonders viel Glück im Leben
hast, dann öffnet sich auch noch der Himmel
und es fallen unzählige Ballons auf dich herab,

nur kannst du es vorher nur nie wissen. Ungeduldig wartete Mitti, aber es geschah nichts. Die Kälte kroch ihm langsam über seine Füße hin zu den Beinen und erfasste schließlich seinen ganzen Körper. Nur er wollte trotzdem noch nicht ins Haus, denn das Schauspiel war viel zu einzigartig gewesen.

Tief im Gedanken versunken, hörte er plötzlich hinter sich eine Stimme: „Ganz schön kalt heute Nacht, oder?", sagte ein älterer Mann, der ebenfalls einen vollkommen grünen Anzug trug, zudem hatte er einen kleinen Bauchladen um sich geschnallt.

„Ein paar frische, gebrannte Mandeln gefällig? Die schmecken nicht nur lecker, sondern sie wärmen in einer solchen Nacht auch ganz besonders gut. Hier bitte!", entgegnete der Mann dem nach wie vor vollkommen erstaunten Mitti.

Wortlos nahm er die Mandeln entgegen und begann sogleich eine erste von ihnen genüsslich in seinen Mund zu schieben. Sie dufteten wirklich ganz besonders einmalig und ihr Geschmack war um vieles besser als die Mandeln, die man auf den Weihnachtsmärkten bekam.

Für den Bruchteil einer Sekunde drehte sich Mitti weg, um ein weiteres Mal an den Himmel zu schauen. „Danke! Die sind ja wirklich äußerst vorzüglich. Woher kommen Sie denn inmitten der Nacht?", begann Mitti zu sprechen. Aber? Noch ehe er es sich versah, war der Mann wie vom Erdboden verschluckt. Nicht einmal im Schnee konnte man seine Fußspuren mehr erkennen.

Die warmen gebrannten Mandeln aber dufteten weiter vor sich hin und warteten nur darauf, ihrem Genießer eine wahre Geschmacksexplosion im Mund zu bereiten.

Mitti nahm ganz gelassen noch ein paar aus der grünen Papiertüte und blickte nach wie vor gebannt an den grünen Himmel.

Wie von Geisterhand gesteuert, öffnete sich dieser nun wirklich und es fielen etliche grüne Kugeln zu ihm auf die Erde herab. Wenige Gedanken später war Mitti von diesen nahezu eingehüllt. Lustig sah es schon aus, denn es erinnerte an Kindergeburtstage, an denen es Luftballonschlachten gab.

Beim genauen Hinsehen konnte Mitti erkennen, dass auf den Ballons einzelne Wörter standen. Es war z. B. zu lesen: Glück, Dankbarkeit, Zufriedenheit, Harmonie, Glaube, Hoffnung, Zuversicht und Selbstvertrauen. Wahrscheinlich hätte man die Liste noch unendlich fortsetzen können, wenn da nicht eine ganz besondere Kugel Mittis Aufmerksamkeit erregt hätte.

Behutsam nahm er sie in seine Hände, sie fühlte sich warm und weich an und das grüne Material roch ein wenig nach Weihnachtsabend unter dem Tannenbaum.

Auf der Rückseite stand „Liebe" und weiterhin: „Für Unki und Mitti. Bitte nur gemeinsam öffnen, nicht vorher, du neugierige Nase!"

Kurzentschlossen nahm Mitti die Kugel und ging nun endgültig zurück ins Haus. Mittlerweile müssen Stunden vergangen sein, seitdem er draußen war. Die Türe zum Wohnzimmer war noch immer ein bisschen offen und Mogli wartete schon mit größter Sehnsucht.

„Wie spät es wohl sein mag?", fragte sich Mitti und schaute dabei auf die Uhr im Wohnzimmer. Ein Blick darauf verriet ihm, dass es immer noch drei Uhr in der Nacht war. Jetzt begannen sich auch die Zeiger wieder zu bewegen. Die Zeit war also stehengeblieben.

Sorgsam legte Mitti die grüne Kugel auf den Tisch und kraulte anschließend seinen Hund Mogli. „Und nichts anfassen, gell! Ist für Frauchen und Herrchen, mein Guter!".
Dieser würdigte die Aussage mit seinem treuherzigen Blick und legte sich auf seinen Lieblingsplatz neben den beiden Ohrensesseln zum Schlafen. Selbiges tat Mitti nun auch, denn er war von der Aktion mittlerweile hundemüde geworden.

Am nächsten Morgen saß Unki bereits gemütlich am Frühstückstisch. Es roch nach frisch gebrühtem Kaffee, leckeren Butterhörnchen und ausnahmsweise auch nach der Zeitung.

„Guten Morgen, mein Schatz, schau mal, heute haben sie uns eine Zeitung vor die Türe gelegt. Schreiben auch immer nur Unsinn.

Angeblich war es gestern Nacht überall grün am Horizont. Irgendwo ist ein Wunsch in Erfüllung gegangen und hat dies alles verursacht.

Ich habe nichts gemerkt, denn ich habe ganz gemütlich geschlafen. Du doch auch?", fragte Unki ihren zunächst wortlos und wie auf die Zeitung fixierten Mann Mitti.

Noch bevor dieser eine Antwort geben konnte, sprach Unki weiter: „Sag mal, was ist das für eine große grüne Kugel da? Die war aber gestern Abend, als ich ins Bett bin, noch nicht da!"

Kurz darauf:

„Gib mir bitte mal die Zeitung, mein Schatz", kam es über Mittis Lippen und riss dabei fest an den Seiten, dass fast ein paar Sätze daraus auf den Frühstückstisch gefallen wären. Wie die wohl auf Marmelade schmecken würden?

Tatsächlich stand auf der ersten Seite der Tageszeitung:

Unglaublich: Unsere Welt erstrahlt im tiefsten Grün – Überraschungen auf allen Kontinenten der Erde.

Alle Menschen gehen aufeinander zu, um dieses Phänomen gemeinsam zu erleben bzw. zu lösen. Kriege wurden sofort beendet, Streitigkeiten bis auf die Unendlichkeit vertagt, Schuld vergeben und ein neuer, aber vielleicht doch alter Gedanke in das Bewusstsein der Menschen gepflanzt:
Sei gut zu dir und zu deinem Nächsten – das ist die wichtigste Botschaft. Daneben war ein Foto von einem älteren Mann zu sehen.

Mitti sagte gedankenverloren nur: „Das ist der Verkäufer der gebrannten Mandeln von gestern Nacht."
Langes Schweigen – tausend Worte sind nicht genug.

„Ich will wissen, was los ist bzw. los war. Bitte sag es mir endlich! Woher kennst du Güting Glückszwerg auf dem Foto in der Zeitung? Hast du etwa was mit dem vermeintlich grünen Licht zu tun?", schwall es nur so auf Unki heraus.

„Also", begann Mitti in mittlerweile ruhigem Tonfall, „es war so, dass gestern bzw. heute Nacht die Uhr um drei stehen geblieben ist. Und dann......"

Mitti erzählte seiner Frau die Geschichte ganz genau, auch ihr Hund Mogli wurde ebenso ein aufmerksamer Zuhörer und war in der Zwischenzeit auf einem der beiden freien Stühle geklettert.

Einige Augenblicke später dann: „Also wollen wir die grüne Kugel nun gemeinsam öffnen, weil sich darin eine neue wichtige Botschaft befindet?", fragte Unki ihren Mitti. Wieder lag diese unbeschreibliche Spannung im Raum und es war gerade so, wie früher, wenn man als Kind eine Wundertüte aufmachen durfte.

Ein paar Sekunden später: In der grünen Kugel befand sich auch wieder eines der gesuchten Bücher. Etwas eigenartig, aber es war genug Platz darin gewesen. Bevor sie die nächste Geschichte zu lesen begannen, fiel beiden auf, dass auch dieser Umschlag ein neues Symbol

abgedruckt hatte. Diesmal war eine Sonne ab-
gebildet und wiederum fehlten die zwei Blumen.

Licht auf deinem Weg

Es war ein verschneiter Spätnachmittag Anfang
Dezember. Das neue Jahr war nur noch wenige
Wochen entfernt und in der Luft hing eine vor-
weihnachtliche Stimmung. Der kleine Antikla-
den an der Ecke gegenüber der Brücke war
schon seit Tagen mit allerlei Dekorationen und
Schmuckstücken ausgestattet, um die Kunden
auf das herannahende Fest vorzubereiten.

Im Schaufenster stand liebevoll aufbereitet ein
Kaufladen und daneben wertvolles Geschirr,
auch ein verspielter Teddybär durfte hier nicht
fehlen.

Vor dem Geschäft hatte der Chef Herr James
auch alles schön geschmückt und mit kleinen
roten Kerzen in Gläsern versehen, die munter
im sanften Winterwind ihre Flamme bewegten.

Rechts neben der Tür war ein riesengroßer Schneehaufen, denn in den letzten Tagen hatte es immer wieder geschneit und das kleine Städtchen war reichlich mit Schnee bedeckt worden.

An jenem besagten Tag machten sich Herr und Frau Glück auf den Weg in den Laden, weil sie auf der Suche nach einem Symbol waren, das ihre Liebe am besten Ausdruck bringt und das niemals ausgeht, weil ihre Liebe ebenso für immer und ewig ist.

Zunächst schauten die beiden sich um und entdeckten allerlei wertvolle Dinge, die ihnen aber noch nicht das Herz höherschlagen ließen.

Herr James half ihnen schließlich mit einer guten Idee: „Sie sind also auf der Suche nach einer Sache, einer ganz besonderen Sache, die immer ein warmes Symbol ihrer Liebe darstellen soll? Ich glaube, ich habe hier etwas für Sie."

Sogleich nahm er unter seinem Tresen eine große Schachtel hervor, die auf den ersten Blick ein bisschen vergilbt und staubig erschien, was aber in dieser Minute keine Rolle spielte.

„Nun zeigen Sie schon, Herr James. Wir können es kaum erwarten.", kam es den beiden über ihre Lippen. Noch einen Moment dauerte es, da nahm Herr James aus der Schachtel eine terrakottafarbene Schale heraus und stellte sie vorsichtig auf den Tisch vor ihnen.

„Das, meine Lieben, ist ein Unikat vom Hüter der Herzen und Bewahrer der Liebe. Es soll nur die Menschen begleiten, die es auch wirklich wert sind. Bei Ihnen habe ich von Anfang an gespürt, dass es genau das Richtige für Sie ist. Nehmen Sie diese Schale als Zeichen ihrer Verbundenheit, Nähe, Treue und ewiger Liebe. Hier sehen Sie auch zwei Dochte, die am Ende miteinander verbunden sind.

Die Sage meint, dass die beiden ihren gemeinsamen Ursprung haben und immer miteinander verwurzelt sind. Keiner der beiden Dochte wird je kürzer, verglühen oder ausgehen, weil jeder an den anderen glaubt und daran festhält.

Denken Sie daran: Wie es in der Liebe auch ist, braucht auch dieses Licht immer wieder neue Nahrung, neue Impulse, neue Ideen, und auch neue gemeinsame Erinnerungen.

Geben Sie also stets ein bisschen Wachs in die Schale, damit das Licht zu einem Licht der Ewigkeit wird."

So geschehen, denn Frau und Herr Glück haben zutiefst erfüllt und zufrieden die Schale mit nach Hause genommen. Dort wurde das Licht von beiden gemeinsam angezündet und leuchtet von nun an bis in alle Ewigkeit.

Manchmal wartet man eben sehr lange aufeinander, dafür ist dann das Licht der Liebe umso kräftiger, wärmer und vollkommener. Das Licht der Liebe – das Licht in deinem Leben.

Die Zeit bis zum Heiligen Abend verstrich immer schneller und Mitti, Unki und Mogli unternahmen einen Ausflug auf den Weihnachtsmarkt.
Die Häuser der Stadt waren inzwischen schneebedeckt und das Licht der Weihnachtsbeleuchtung schimmerte sehr anmutig an diesem sternenklaren Abend. Es schien fast so, als ob die Welt damit begonnen hat, sich langsamer zu drehen und in der Zeit vor Weihnachten etwas innezuhalten.

Aus den Fenstern der kleinen Stadt strahlten die beleuchteten Lichterketten und Kerzen, emsig liefen die Menschen durch Gassen, um ihre Weihnachtsgeschenke sorgfältig nach Hause zu bringen. Mitti, Unki und Mogli waren diesem besonderen Tag vor dem Heiligen Abend auch unterwegs. Little Blitz brachte sie, wie in den letzten Geschichten auch, heute auf einen Wochenmarkt.

Langsam stellte sich auch der Himmel auf Weihnachten ein, denn ein frostiger Wind kam auf und viele lustige Schneeflocken tanzten um ihre Nasen und es schien, dass es heute nach ganz besonders kalt werden würde. Schnobi Schneebär hatte also auch heute wieder einmal ganze Arbeit geleistet.

Übrigens sagt eine Legende, dass es in der Nacht vor dem 24. Dezember immer sehr kalt werden würde und man dann auch auf ein friedvolles Weihnachtsfest hoffen kann.

„Wohin sollten wir doch gleich noch mal, mein Schatz?", fragte Unki ganz aufgeregt.

„Warte mal, mein Schatz! Komm´ lass uns mal ein Los nehmen", entgegnete Mitti. „Vielleicht gibt es ja da einen eindeutigen Hinweis auf deine Frage."

Sowohl Mitti, als auch Unki haben beide ein Los gezogen und konnten trotz der Kälte diese mit ihren frierenden Händen öffnen.
Wenige Sekunden später... Mitti: „Bei mir steht nur: Gehe zu..."
Unki sogleich: „Bei mir steht: Ringstraße 12."
Beide schauten sich Fragen an und wusste nun auch nicht, wie ihnen geschah und was sie machen sollten.

Aus ihrer Unentschlossenheit heraus begann der Losverkäufer schließlich zu sagen: „Übrigens, die Ringstraße 12 ist hier gleich ums Eck. Sie müssen nur ein paar Schritte geradeaus gehen und dann sehen Sie schon das Haus. Nur zu, denn dort erwartet Sie Ihr Hauptgewinn."

Im festen Glauben und Vertrauen auf das Gute im Menschen begannen die beiden zusammen mit Mogli, die Straße und die Hausnummer zu suchen, wobei das Laufen gar nicht so einfach war, weil es doch in den letzten Tagen sehr viel geschneit hatte.

Die Stimmung war heute Abend ganz besonders festlich. Aus der Ferne hörte man einen kleinen Chor, der wunderschöne Weihnachtslieder sang. Nicht unweit roch es ganz lecker nach warmem Glühwein und frischem Lebkuchen.

Unki kuschelte sich ganz eng an Mitti und Mogli leckte seine Pfoten vor lauter Freude und versuchte dabei, einzelne Schneeflocken mit seiner Schnauze zu fangen. Arm in Arm marschierten die beiden los und konnten dabei an den verschiedensten Ständen vorbeilaufen. Es gab wunderschönen Schmuck, Tee, Glaskugeln, Krippenfiguren und allerlei Spielzeug auf den Markt zu bestaunen und zu bewundern.

Entlang der engen Stände und den vielen Besuchern schlenderten sie nun in Richtung Ringstraße 12. Von weitem erblickten sie das hell erleuchtete Schaufenster. Sie näherten sich diesem und sahen dort ein Schild mit der Aufschrift „Mechanische Spielwaren, anno 1950".

Im Schaufenster war ein großer, brauner Koffer zu sehen, der die Neugierde deutlich weckte. Beide erinnerten sich: Das könnte der Koffer aus Numinuma sein. Für unzählige Minuten blieben die Drei wie gebannt stehen.

Die Augen von Unki und Mitti begannen zu leuchten, denn von dem Koffer im Schaufenster ging schon eine etwas magische und faszinierende Anziehungskraft aus.

Auch Mogli hatte die Atmosphäre total erfasst und da dieser sehr neugierig war, stutzte er die beiden mit seiner Schnauze an. Es blieb also nichts anderes übrig, als den Spielzeugladen zu betreten. Was für Mitti und Unki der Koffer war, war für Mogli ein kleiner Seehund, die im hinteren Teil des Ladens deutlich zu erkennen war.

Schnurstracks flitzte Mogli zu dem kleinen Seehund und wedelte freudig mit seinem Schwanz, die beiden Unki und Mitti folgten ihrem Vierbeiner hinterher und standen sogleich ebenfalls im Laden. Unki begann sogleich zu Mogli zu sprechen: „Schau mal, mein Guter! Da steht auf dem Schild Poelzen Hugo."

Mitti schmunzelte nur so Gedanken verloren vor sich hin, als plötzlich hinter dem Tresen ein älterer Mann lächelnd zu Mogli herabblickte. Aus dem Nebenzimmer kam sogleich seine Frau und fragte höflich: „Guten Abend. Gestatten Sie: Mein Name ist Ludmilla und das ist mein Mann Pavel. Womit kann ich Ihnen denn helfen?"

Mitti stotterte nur: „Gu, gu, guten Abend, wir sind rei, rein zufällig hier. Wir su, su, suchen nämlich die Ringstraße zwölf."

Die Frau entgegnete ihm mit einem verschmitzten Lächeln: „So ein Zufall, mein Herr, Sie haben sie gerade gefunden."

Unki wandte ihren Blick nun zu den beiden älteren Leuten und begrüßte sie ebenfalls sehr freundlich. „Stellen Sie sich vor, wir waren gerade auf dem Weihnachtsmarkt und haben zwei Lose gekauft. Dort stand doch wirklich, dass wir zur Ringstraße zwölf gehen sollen."

Dabei drehte sich Unki langsam um und hat den Laden näher in Augenschein genommen.

Ihr fielen besonders die Regale ins Auge. Sie waren aus Holz mit vielen schönen Schnitzereien und etlichen mechanischen Spielwaren aus den 50er bis 80er Jahren. Ein farbenfroher Clown lächelte zu ihnen herab, aber auch sonst standen darin nostalgisch anmutende, alte Spielsachen, die zum Teil schon hohen Seltenheitswert hatten und vielleicht ein bisschen in Vergessenheit geraten schienen.

Der Laden war nicht besonders groß, ließ aber beim genauen Betrachten jedes Sammlerherz höherschlagen.

Pavel bemerkte Unkis faszinierten und verträumten Blick:

„Meine Frau und ich haben über viele Jahre hinweg diese Schätze in liebevoller Kleinarbeit zusammengetragen. Jedes einzelne Spielzeug erzählt uns eine Geschichte und birgt Erinnerungen."

„Mogli scheint ja auch einen neuen Freund gefunden zu haben, denn er ist gleich zu unserem Poelzen Hugo geflitzt."

„Mein lieber Schatz, erinnerst du dich noch an den schönen Koffer, den wir draußen im Schaufenster gesehen haben? Wir hatten doch vor Jahren auch einmal von einem solchen Koffer gehört bzw. gelesen. Damals in Numinuma.", erinnerte sich Mitti ganz in seinen Gedanken versunken.

„Also dann ist ja alles klar. Ihr seid ja vollkommen richtig bei uns. Euch fehlt noch das vierte Buch der „Süßigkeiten zum Lesen". Wir haben es für euch und genau für diesen Augenblick sorgfältig aufbewahrt. Einen Moment bitte – ich gehe es gleich holen."

Währenddessen Pavel das vierte gesuchte Buch holte, nahm Unki die übrigen Exemplare aus ihrer beigen Tasche. So kam es, dass wenige Minuten später alle vier Bücher auf den Ladentisch lagen. Zu sehen war zuerst das Kleeblatt des zweiten Buches, dann die Sonne des Dritten Buches und schließlich das Herz des ersten. Wie von Zauberhand entstand auf dem Titelbild des Vierten Buches eine kleine Holzbrücke.

Neben den Büchern stand auch der Koffer aus dem Schaufenster, den die Frau zur gleichen Zeit geholt hatte.

„Ihr wisst vielleicht nicht, dass der Koffer einen Code braucht, damit man ihn öffnen kann. Unser Freund Ronny hat uns das vor ganz langer Zeit verraten.
Wir sind nämlich sehr gute Freunde und Gehhilfen vor ihm. Außerdem hat er uns den Auftrag gegeben, dass wir alle suchen, die mit in den Koffer gehören.", überkam es der älteren Frau Ludmilla.

„Passt auf: Alle vier Bücher müssen in einer bestimmten Reihenfolge vor den Koffer gelegt werden, damit sich dieser öffnen kann. Das kann nur einmal geschehen und wir müssen alle aufpassen, damit es auch wirklich gelingt.", entgegnete der alte Mann.

Sogleich nahm er den Koffer und sagte: „Dann müssen wir uns aber sofort daranmachen, alle unsere Freunde zu suchen, damit wir noch vor dem Heiligen Abend rechtzeitig den Koffer geöffnet haben."

Freudig schwänzelnd legte Mogli los. Nur wenige Pfoten entfernt, begrüßte er kläffend seinen Freund Poelzen Hugo.

Zwischen den vielen Spielsachen lugte auch Little Blitz freudig hervor, aus dem heraus Ronny in seinem Hawaii Hemd winkte.

Wenige Augenblicke später konnte man ein leises Wiehern vernehmen, das von Little Blitz Speedy kam, der also auch schon hier war.

Rudolf und seine Familie fanden sich ebenfalls in diesem Augenblick mit ein. Schließlich roch es auch jetzt wieder aus einer scheinbar unbemerkten Ecke nach frisch gebrannten Mandeln, was darauf schließen lässt, dass Gütig Glückszwerg auch nicht mehr weit war. Der Nase folgend entdeckte Mitti seinen unverhofften Freund aus jener sternenklaren Nacht des dritten Advents.

Daneben stand schließlich noch Schnobi Schneebär, der noch sichtlich müde war, denn er hatte in den letzten Tagen mit den vielen Schneefällen sehr viel zu tun.

Glücklich vereint ging es jetzt darum, die richtige Reihenfolge der Bücher zu finden, um das Rätsel endgültig lösen zu können. Poelzen Hugo begann mit seiner Schnauze der Reihe nach alles zu ordnen, wobei auffiel, dass auf dem Koffer die vier gleichen Symbole wie auf den einzelnen Büchern zu entdecken waren.

Wenige Momente später lagen vier Bücher in der richtigen Reihenfolge und man konnte ganz deutlich ein leichtes, nicht zu überhörendes Ticken wie bei einem alten Uhrwerk vernehmen. Ein zweites Mal nach der Geschichte aus Numinuma leistete der braune Koffer eine wertvolle Hilfe beim Lösen eines scheinbar zunächst unlösbaren Rätsels.

Im Laden herrschte eine andächtige Stille und jeder wartete gespannt ab, was nun geschah. Alle hielten für einen Moment den Atem an. Wie von Geisterhand öffnete sich sanft und langsam die Schnalle des braunen Koffers, durch die ein helles, warmes Licht strahlte.
Es kam einem vor, als ob der Koffer in seiner Größe nun deutlich gewachsen war. Langsam hob sich der obere Deckel und alle schauten

nach wie vor gespannt auf das Licht, das mittlerweile den ganzen Raum durchflutete.

Alle wurden in dieser Minute schwerelos und in die unnatürliche Leuchtkraft hineingesogen, wobei man sogleich auch weihnachtliche Melodien und einen wohlklingenden Glockenklang aus der Ferne vernehmen konnte.

Vor lauter Helligkeit mussten alle ihre Augen schließen und wussten nicht, wie ihnen wirklich geschah. Einen kurzen Moment später konnten sie langsam wieder ihre Augen öffnen und erblickten ein wundervoll geschmücktes Schloss.

Die davorliegende Gartenanlage war ebenso wie der sich anschließende Wald mit viel Schnee bedeckt. In der herannahenden Dämmerung schimmerte alles ganz besonders festlich und sogar der See neben dem Schloss war zugefroren. Auf ihm fuhren die Enten munter Schlittschuh und hatten sichtlich ihren Spaß zusammen.

Das Schloss hatte für alle eine ganz besondere Anziehungskraft, was durch die Musik und den mittlerweile erklungenen Fanfaren deutlich verstärkt wurde. Alle folgten wie gebannt der Vielzahl an Melodien zunächst durch den Vorhof des Schlosses.

Das Bild, was sich allen bot, war eine Dusche für die Augen – eine Pracht, die man sich gar nicht vorstellen konnte, denn das Schloss Fantasie war wie in einem Märchen geschmückt. Jedes Fenster war liebevoll mit einer Lichterkette versehen und weihnachtlich anmutend verziert.

Im Schnee standen rechts und links kleine Laternen mit Kerzen, die den Weg ins Schloss zeigten. Little Blitz brummte laut vor Aufregung und die Kinder des Osterhasens riefen laut „Juhu!" und hatten dabei ganz leuchtende Augen so wie kurz vor der Bescherung am Weihnachtsabend.

Little Blitz Speedy wieherte laut und Ronny summte eine fröhliche Weihnachtsmelodie. Mogli und Poelzen Hugo wollten die Enten auf dem See fangen, schlitterten dabei aber stark über das Eis, dass alle herzhaft lachen mussten.

Gemeinsam machten sich alle weiter auf in Richtung Schloss, wobei ihnen Mogli und Poelzen Hugo wenige Minuten später nachfolgten. Die beiden älteren Herrschaften Pavel und Ludmilla erwarteten alle bereits an der großen Eingangstüre des Schlosses.

„Kommt nur alle herein! Unser Festmahl steht bereit und es wird auch langsam Zeit, dass wir das Weihnachtsfest feiern. Lange genug gewartet haben wir ja alle auf diesen Moment."

Dies sprachen die beiden Gastgeber, die noch vor wenigen Minuten zusammen mit ihren Freunden im alten Spielzeuggeschäft standen und über den braunen Koffer und die vier gefunden Büchern der „Süßigkeiten zum Lesen" sprachen.

Auch was es im Schloss zu sehen gab, war ebenso nahezu unbeschreiblich: Sie befanden sich in einem großen Saal mit weißen, hohen Wänden und einer mächtigen Stuckdecke, in deren Mitte ein prunkvoller, goldener Kronleuchter den Raum vollendete.

Auf zwei Seiten gab es mehrere große Fenster, die in weihnachtlichem Glanz erstrahlten. Natürlich durfte auch ein Weihnachtsbaum nicht fehlen, der riesengroß war und sich rechts neben der Eingangstüre befand.

Durch die großen Fenster konnte man mittlerweile die untergehende Sonne noch deutlich erkennen, da die große, rote Kugel Sekunde um Sekunde am Horizont verschwand und die Heilige Nacht langsam heranbrechen ließ.

Mitti, Unki, und alle anderen Freunde waren schließlich um eine große Festtafel versammelt. Jeder hatte seinen eigenen Platz, der ebenfalls sehr üppig mit Geschirr, Besteck und Gläsern versehen war.

Außerdem waren überall im Saal rote Kerzen aufgestellt. Little Blitz Speedy hatte einen sehr gemütlichen Platz vor dem wärmenden Kamin, wo es für ihn frisches Stroh und einen großen Wassertrog gab.

Little Blitz parkte sich im hinteren Bereich des Festsaals und trank einen kräftigen Schluck

„Super bleifrei" aus einem goldenen Kanister.
Mogli machte es sich auf einem großen roten
Kuschelkissen gemütlich und genoss seine Le-
ckerlis in vollen Zügen.

Poelzen Hugo fand seinen neuen Lieblingsplatz
im großen Springbrunnen, der in einer in einer
anderen Ecke des Festsaals untergebracht war
und ließ sich die frischen Fische sehr gut
schmecken.

Die anderen Gäste durften endlich an der Festtafel Platz nehmen. Alle waren an diesem besonderen Abend vereint und feierten das Weihnachtsfest.

Langsam, aber sicher wurde das Licht im großen Festsaal weiter gedämmt und die wunderschönen Kerzen erleuchteten den Raum in einem schon fast magisch anmutenden Licht. Bei
diesem einmaligen Kerzenschein gab es jetzt
für alle Freunde ein sehr leckeres Essen.

Zuerst wurden alle mit einer einmalig schme-
ckenden Maronensuppe verwöhnt, deren Duft
den ganzen Saal erfüllte.

Im Anschluss gab es dann Ratsherrentopf mit Rotkraut und Reis zur Auswahl.

Den Festgästen schmeckte das Essen ganz vorzüglich und sie hatten sehr angenehme und ausführliche Gespräche miteinander. Die Zeit verging wie im Flug.

Endlich haben die vier Bücher „Süßigkeiten zum Lesen" haben nun ihren festen Platz gefunden und alle zusammen ins Schloss Fantasie geführt. Zum Abschluss des Weihnachtsmenüs gab es noch Panna Cotta mit Glühweinpflaumen. So saßen alle noch viele weitere Stunden zusammen und haben es sich richtig gut gehen lassen.

Der Worte selbst haben tausend nicht gereicht, um alles das zu erzählen und zu sagen, was wirklich in allen vorging. Eines aber stand an diesem Abend fest: Unki und Mitti sind einfach unzertrennlich, ohne den anderen geht es wirklich nicht mehr! Gib´ der Liebe einen Namen und sie gibt dir den Sinn für dein Leben. Gib´ in deinem Leben alles einen Namen, hör´ auf

mit dem Nachdenken und lass´ alles einfach geschehen. Vergiss nicht. Bewahre alle unvergesslichen Augenblicke in deinem Herzen und
freue dich auf alles das, was dich in der Zukunft
erwartet.

Zu später Feierstunde kam wie urplötzlich auch
noch Frau Mahlstein ins Schloss Fantasie. Sie
freute sich ganz besonders, dass alle am heutigen Weihnachtsabend zusammen im Schloss
Fantasie feierten. Umso glücklicher machte es
sie, dass nun die restlichen Exemplare der „Süßigkeiten zum Lesen" wieder vereint waren.

Heute war der große Moment gekommen, an
dem sie die letzte noch verbleibende Geschichte
vorlesen würde. In alter Gewohnheit nahm sie
einen roten Umschlag aus ihrer Tasche und bat
alle Gäste im Schloss um ihre volle Aufmerksamkeit:

„Zum heutigen Weihnachtsfest, liebe Freunde,
möchte ich euch eine längst vergessene Geschichte vorlesen. In meinem ehemaligen Geschäft in der Rheinstraße wollte diese bisher
keiner haben. Dies ist Grund genug, um euch

dieses handgemachte Werk an tiefen Worten an dem heute ganz besonderen Weihnachtsabend vorzulesen. Es ist die Geschichte der kleinen Amsel Uhi, die sich auf der Suche nach dem Sinn des Lebens gemacht hat."

Nach einem erneuten Moment der gespannten Ruhe begann Frau Mahlstein, die Geschichte liebevoll vorzulesen:

Auf der Suche

Wie an jedem Morgen begann die kleine Amsel Uhi bereits kurz vor Sonnenaufgang mit ihrem fröhlichen Gesang und schloss sich damit allen anderen Vögeln im Garten an. Es war immer ganz besonders herrlich allen zuzuhören, denn der Klang machte den Start in den Tag zu etwas ganz Besonderem.

Heute jedoch fühlte sich Uhi auf einmal ganz anders, als sie so auf ihrem Ast ihres Kirschbaums saß, weil ihr dabei ein Gedanke kam, der sie schon seit längerer Zeit nicht mehr losließ.

„Was ist eigentlich der Sinn in meinem Leben? Woher kommt das alles, was mir tagtäglich wieder fährt und wohin soll die Reise gehen?", ging es ihr so durch den Kopf und dabei vergaß sie fast, zu singen, obwohl das einer der Dinge war, die sie ganz besonders gerne machte.

Im Gedanken verloren nahm eine Ringeltaube neben ihr Platz. „Hallo kleine Amsel! Ich bin Frieda. Sag´ mal, was ist denn mit dir los?", fragte die Taube ganz besorgt.
„Du singst so wenig und total falsch dazu. Amseln können doch immer so schöne Melodien singen…"

„Ach weißt du, Frieda, ich bin heute einmal sehr nachdenklich. Ich frage mich die ganze Zeit, warum ich und warum wir alle überhaupt auf dieser Welt sind. Hast du vielleicht eine Ahnung?"
„Nun", entgegnete die Taube der Amsel Uhi, „das ist eine wirklich sehr schwere Frage. Ich glaube, jeder muss sie für sich selbst beantworten können. Ich zum Beispiel denke, dass ich auf der Welt bin, weil ich die Schönheit des Augenblicks genießen soll.

Schau´ mal, mein Freund, heute ist ein wunderschöner Sommertag. Die Sonne scheint und die gesamte Natur leuchtet in den unterschiedlichsten Farben. Erlebe es jeden Moment aufs Neue! Und jetzt mach's gut, leb´ wohl, kleine Amsel!"

Uhi saß noch eine ganze Weile auf dem Baum und dachte über die Worte der Taube Frieda nach.

„Na ganz so verkehrt ist das nun auch wieder nicht. Den Augenblick zu genießen, da es bestimmt was dran.", führte sich Uhi nochmals vor Augen.

Kurz darauf erhob sie sich und flog über die Gärten der Stadt, in denen die Menschen waren, um sich auszuruhen oder auch um zu arbeiten – auf jeden Fall schienen sie alle ihre Freude zu haben.

„Herrlich, die Natur zu genießen. Das konnte aber doch nicht alles sein! Am besten, ich frage mal den Storch Sander, der schon seit langem auf dem großen Fabrikschlot sein Nest hatte. Der weiß es ganz bestimmt.", murmelte die kleine Amsel vor sich hin und nahm ihre Route in Richtung der alten leerstehenden Fabrik auf.

„Hallo, mein Freund Sander, hast du kurz Zeit für mich?", fragte Uhi ganz außer Atem den Storch. Man dachte fast, dass die kleine Amsel jetzt gar nicht richtig landen konnte, so aufgeregt und neugierig war sie in diesem Moment.

„Hallo, Uhi, klar habe ich Zeit für dich. Was hast du denn auf dem Herzen, mein Freund?", fragte Sander und dabei war es schon ein bisschen lustig mit anzusehen, wie klein die Amsel im Vergleich zum Storch Sander war.

„Mein Freund, ich möchte von dir wissen, was der Sinn des Lebens ist. Ich kann einfach keine richtige Antwort darauf finden. Die Taube Frieda hat mir auch nur ein bisschen davon beantwortet, aber ich bin noch nicht richtig zufrieden damit, weil ich glaube, dass es noch mehr Gedanken dazu gibt. Kannst du mir vielleicht helfen?"

Anmutig blickte der Storch Sander auf Uhi herab und dabei konnte man sein wunderschönes Gefieder ganz deutlich erkennen.

„Nun, wir leben inmitten einer schnelllebigen Zeit. Die Menschen haben fast alle vergessen, was der Sinn des Lebens für sie ist. Aber ich will es dir verraten: Der Sinn des Lebens ist das Leben selbst. Dein Leben ist ein Geschenk, das dir gemacht wurde. Sei´ achtsam im Leben! Suche nicht zwanghaft nach dem Glück, sondern verwandle deine Lebenssituationen in Situationen der inneren und äußeren Zufriedenheit.

Vertraue in deinem Leben auf dich und deinen Glauben, denn so brauchst du nicht zu zweifeln, weil es immer einen Weg für dich gibt.

Und jetzt muss ich aber meinen abendlichen Rundflug starten, mein Freund. Du kannst mich sehr gerne wieder besuchen kommen."

Mit diesem Satz machte sich der Storch Sander auf seinen Weg und auch Uhi trat den Heimflug zu ihrem Lieblingsbaum an.

Es gingen viele Monate ins Land und Uhi genoss den Augenblick und nahm das Leben in seiner Gesamtheit als dankbares Geschenk an, aber trotz aller positiven Gedanken wollte es die kleine Amsel dann doch noch einmal wissen. Von ihren Freunden aus dem Kirschbaum wusste sie, dass es einen ganz besonders schlauen Vogel im Wald gab – die Eule Doktor Urban Zacharias, der meistens auf einem ganz besonderen Baum anzutreffen war.

Die Tiere des Waldes und der Wiesen nannten den Baum Ason. Besonders war der Baum deshalb, weil er nur noch zur Hälfte mitten in der Landschaft rund um die anderen Bäume und Wiesen stand. Bei einem heftigen Gewitter wurde Ason vor vielen Jahren auf einmal von jetzt auf gleich wie von Geisterhand geteilt. Dies machte dem Baum aber überhaupt nichts aus und er überstrahlte in seiner einmaligen Mächtigkeit die übrigen Bäume.

Eines Tages nahm sich Uhi nun den Mut und machte dorthin auf den Weg. Ihr Flug war recht beschwerlich, doch was tut man nicht alles, um eine vollständige Antwort auf die Frage aller Fragen zu bekommen.

Kurz vor der Lichtung, von der aus man ein kleines Dorf sehen konnte, nahm Uhi bereits die Eule Doktor Urban Zacharias in Augenschein.

Leise und behutsam flog sie zu ihm und landete direkt neben ihm auf dem Baum Ason.

„Na, woher denn so stürmisch, kleine Amsel?", fragte die Eule ganz verwundert.

„Guten Tag, ich, äh, wollte unbedingt zu Ihnen kommen, Herr Doktor. Ich… habe da nämlich was…", stammelte die kleine Amsel leise und ängstlich vor sich hin.

„Nun, rück´ schon raus mit der Sprache und überhaupt: wie ist doch gleich dein Name?", entgegnete die Eule.

„Uhi, gestatten, die Amsel Uhi aus dem Garten in der Nähe vom alten Güterbahnhof."

„Freut mich, Uhi, du kannst ruhig „du" zu mir sagen, denn so alt bin ich nun auch wieder nicht."

„Also gut, Herr, Herr Doktor, ich meine Zacharias, nein Urban. Deinen Namen kennen alle

Tiere hier, denn jeder weiß, dass du ganz besonders schlau bist. Ich bin heute bei dir, weil ich dich unbedingt etwas fragen möchte. Kannst du mir vielleicht sagen, worin du den Sinn des Lebens siehst?"

„Das ist eine sehr schwierige Frage und wahrscheinlich ist das Leben auch zu kurz, um diese vollständig beantworten zu können, mein Freund.

Ich möchte sie dir gerne so beantworten: Der Sinn des Lebens liegt darin, dass du gelassen und ruhig deinen Weg gehen sollst und dich dabei nicht im Sturm und Wirbel der Zeit von deinen Zielen abbringen lassen darfst.

Denk´ bei allem auch an deine Träume, denn diese darfst du nicht immer auf eine spätere Zeit verschieben. Nimm´ deine Träume und mach´ jetzt etwas aus ihnen. Die richtige Zeit ist jetzt, Uhi!

Nimm´ die Dinge an, wie sie sind und versuche sie nicht krampfhaft zu ändern. Diese Energie und Gedanken brauchen oft zu viel Energie und meist kannst du an den Dingen kaum etwas ändern. Überlege dir dabei stets, welchen positiven Aspekt du aus allem in jeder Lebenslage ziehen kannst. Wenn es dir möglich ist, dann vergib´ allen, die dir Böses wollten oder noch wollen, denn das ist neben der Liebe die wahre Stärke deiner Seele.

Liebe und Vertrautheit sind die besten Gefühle. Wenn du diese in deinem Leben erfahren darfst, dann kannst du ruhigen Gewissens sagen, dass du in deinem Leben angekommen und frei von den äußeren Zwängen bist.

Vergiss nie: Koste dein Leben voll aus und lass´ die Zeit nie sinnlos verstreichen. Du hast nur eine Lebenszeit und ehe du dich versiehst und lange wartest, vergehen die Momente einfach so und du bist nie im „Hier" und „Jetzt".

Die vollkommene Hingabe bei jeder Sache, die du gerade machst ist das Geheimnis, um den Sinn im Leben zu erforschen.

Ruhe in dir selbst, wenn möglich in jeder Lebenslage. Sei immer ganz bei dir und denke nicht immerzu an später. Später kommt noch früh genug. Irgendwann ist jetzt. Jetzt ist jetzt und nicht morgen. Natürlich darfst du auch deine langfristigen Ziele nie vergessen, aber diese erreichst du meist besser und schneller, wenn du jeden Moment aufmerksam wahrnimmst und erlebst.

Manche Entscheidungen brauchen allerdings auch ihre Zeit, weshalb du dir den Raum dazu verschaffen solltest, um über diese nachzudenken und um keine voreiligen Schlüsse zu ziehen.

Trenne alle unwichtigen Dinge in deinem Leben deutlich von den Sachen, die es für dich wirklich wert sind, dass du lebst.

Sei dabei stets in Dankbarkeit verbunden, denn Dankbarkeit ist neben der Liebe und der Vergebung auch eine wichtige Quelle des Lebens. Wenn du mal gar keine Antwort oder Lösung weißt, lass´ einfach dein Herz sprechen, mein Freund!

Und eines noch, Uhi: Vertraue auf deinen Glauben an Gott. Du kannst alles in seine Hände legen und ihn darum bitten, dass er alles so macht, wie er es für richtig hält. Dabei muss er auf den ersten Blick nicht immerzu etwas Gutes nur für dich machen.

Wenn es nicht gerade mit deinem Wunsch übereinstimmt, dann macht es sicherlich auch nichts, denn es könnte es trotzdem irgendwie und irgendwann einmal gut für dich sein. Verstecke deinen Glauben nicht vor anderen!

Mit diesen Worten schwieg auf einmal die Eule und ein Raum der unendlichen Stille machte sich breit. Uhi und Urban saßen noch lange schweigend nebeneinander auf den Ästen von Ason und beobachteten die untergehende Sonne, wie sie sich langsam am Horizont verabschiedete.“

Mit diesen Worten legte Frau Mahlstein ihre handbeschriebenen Seiten weg und blickte in die Runde aller, die gerade zusammen das Weihnachtsfest auf Schloss Fantasie feierten.

Kurz darauf fuhr die alte Frau schließlich fort: „Meine lieben Freunde, ihr habt heute viele Geschichten gehört und dabei besonders vieles von Unki und Mitti erfahren dürfen.

Ihre tiefe und ewige Liebe hat sie sicher geführt und diese soll ihnen ein Leben lang erhalten bleiben. Das wünsche ich den beiden von ganzen Herzen. Euch allen, die ihr hier zusammen mit mir seid und das Weihnachtsfest feiert, wünsche ich ebenfalls das Allerbeste auf der ganzen Welt und noch ganz viele unzählige gemeinsame Weihnachtsfeste.

Nun, da alle meine restlichen Bücher wieder zusammen sind, kann ich jetzt frohen Mutes meinen Ruhestand genießen. Ihr alle tragt den Geist der „Süßigkeiten zum Lesen" in euch allen und bringt ihn den Menschen näher, denen ihr in eurem Leben begegnet. Danke für alles."

Mit diesen Gedanken schloss sich also der Kreis der kleinen Geschichten. Urplötzlich wurde es vor dem Schloss mit einem Mal deutlich heller, so dass alle plötzlich aufstanden und zur großen gläsernen Eingangstüre flitzen.

Vor ihren Augen flog eine riesige Sternschnuppe vorbei und erleuchtete den Himmel in einer einzigartigen Pracht. Weihnachten ist da, bei den Freunden im Schloss Fantasie und bei allen Menschen, die wir in unserem Herzen haben.

Jetzt war auch die Zeit für Frau Mahlstein gekommen, um den Weg nach Hause anzutreten. Noch ehe sich alle versehen konnten, schwang sie sich auf ihr Sternenfahrrad, das vor dem Schloss stand und war sogleich wieder verschwunden.

War Frau Mahlstein weg für immer? Nun, das kann man heute noch nicht genau sagen, denn sie hatte etwas neben ihrem Fahrrad vergessen. Da lag doch auf der untersten Stufe zum Eingang des Schlosses ein kleiner zusammengefalteter Stadtplan und ein Briefumschlag, was man aber erst beim genaueren Hinsehen deutlich erkennen konnte.

Zum Abschluss

Neun Jahre nach dem Erscheinen meiner ersten Geschichtensammlung „Süßigkeiten zum Lesen" gibt es 2017 nun die Fortsetzung „Weihnachten auf Schloss Fantasie".

Die Texte hierfür haben sich von Herbst 2016 bis Sommer 2017 langsam entwickelt und konnten mit Drucklegung im Oktober dieses Jahres abgeschlossen werden.

Von ganzem Herzen danke ich meiner Frau Martina für die äußerst gelungene und liebevolle Gestaltung des Titelbildes und des Rückumschlages. Ohne ihre tatkräftige Unterstützung, kreativen Ideen und Einfälle wären diese kleinen Geschichten nicht möglich gewesen.